策士なエリート弁護士に身分差婚で娶られそうです

目次

策士なエリート弁護士に身分差婚で娶られそうです

プロローグ

軽くソファの上に押し倒され、私は目を丸くしていた。

上に覆い被さってくる橘《たちばな》さんは、ゾクっとするほど冷たい瞳で私を見下ろしている。

「な……にを――」

言葉を遮るように指で口を封じると、そのまますするりと胸元に手が滑りこんでくる。

「ぁ……」

ヒヤリとした感触に体がビクリと跳ねた。

その反応に彼は意地悪く微笑む。

「感度いいね。なんだ……ずっとこれ期待してた？」

「し、してないです」

「嘘。欲しいって顔してるよ」

「違いますっ」

言葉通りに抵抗をしているつもりでも、遠慮なく触れられていく肌の心地よさに甘い痺れが止まらない。

（私、どうしちゃったの……もっと触れてほしいなんて）

両足の先を焦《じ》れったく擦り合わせると、その仕草を見て彼は嬉しそうに笑う。

「なにか足りない？」

「なにもない、です」

「じゃあ望み通りやめようか」

「えっ」

触れていた手が止まり、彼は一旦私から離れた。私を包んでいた温もりが消えたことに寂しくなり、〝やめないで〟と口にしそうになる。

慌てて口をつぐむけれど、公輝《まさき》さんは私の反応を見逃さなかった。

「続けてほしいんだよね？」

「ちが……」

「違わない」

再び落とされたキスに言葉が飲みこまれ、スカートの中へ手が忍びこんだ。

「……っ」

「濡れてる。これでも否定するの？」

（恥ずかしいっ）

心を見透かすような、そんな言葉を口にしながら長い指先が熱を帯び始めた秘部をなぞる。

「ぁ……ん」

たまらず声がもれ、さらなる恥ずかしさに首を左右に振った。

(私じゃない、こんなの……違う)

すると彼は手を止めて、涙目になる私をまじまじと見つめてくる。

「三国《みくに》さんって嘘つきだよね。体は嫌がってないのに口では嫌だって言うんだ」

「嘘なんて……」

(私にもわからないよ。なんで……こんな突然のアプローチが心地いいのか)

従順になりたいわけじゃない。

そう思うのに、ゆるゆると刺激される体の感覚は決して嫌悪するようなものではなかった。むしろその反対で……

「まだ欲しいなら素直に言ってみて」

「……無理です」

「無理ってなに」

押し当てられた唇から甘いセリフと共に吐息がかかる。

そこは私のたまらなく弱いところだ。

(耳はだめ……抵抗できなくなる)

両手で耳を塞ごうとするけれど、彼は強引に手首を捉えてシーツに押しつけた。

「抵抗が弱いな。ほんと……君って結構なM気質だよね」

くすくす笑いながら、彼の指はブラウスのボタンを器用に外していく。

同時に首筋に痛いくらいのキスが落とされ、心とは裏腹に体が心地よさで震えた。

「ふ……ぁ」

「素直になってきた。もっと欲しがらせてあげる」

唇へのキスをしながら、さらに欲するよう誘導する。

（このままじゃ、言葉通り流されちゃう。なんで……どうしてこんなことに……？）

第一章

遡《さかのぼ》ること一ヶ月前、それは弟の電話から始まった。

「えっ、借金？」

久しぶりに私のアパートを訪ねてきた純也《じゅんや》は痩せ細って顔色も悪くなっていた。

ゲーム仲間の友人と一緒に立ち上げたゲーム会社のことは前から聞いていて、とても生き生きと準備を進めていたのがつい二ヶ月ほど前の話だ。

だから、どうしてこんな状態になっているのかと驚く。

「太い出資をしてくれるはずだった資本家が急に心変わりして……払えるはずだった金が、まるっきり当てがなくなったんだ」

「それって、少しずつ払うわけにいかないの？」

私の質問に純也は、力なく首を横に振った。

「額が大きすぎる。月割で払っていくにしても、生活が成り立たないくらいの額になるんだ」

「いくらなの？」

「……とりあえず……二千万円くらいかな」

（とりあえずってことは、まだプラスアルファがあるんだ）

確かにアルバイト程度では追いつかないような数字だ。

沈没しないように活動する資金として取り急ぎ数百万円は必要らしい。

とはいえ、弟がそれを用意できるはずもなく、このままだと会社をたたむだけでなく借金を背負って酷い生活になるのが目に見えた。

(私もそんな額は持ってないし。今勤めてる会社じゃ、給料が上がる様子はないし……)

「作品はもうできてるんだ。リリースして、利益が出るまで待ってほしかったんだけど……今は似たようなゲームをバンバン出してる会社があるし。個性がないって言われて」

「そんな。一度は目をかけて出資を約束してくれたのに？」

「なに言ったたって無駄だよ。俺たちもすっかり相手を信頼しちゃってさ……世間知らずだったんだよ」

この一件で、純也はすっかり人間不信になってしまったようで、私以外の人間に同じ相談をするつもりはないと言っている。

一緒に開発に携わっている友人もショックで引きこもってしまい、今は全く希望が持てない状態みたいだ。

(酷いな……こんなに頑張ってきたのに)

純也は勉強よりゲームが好きで、親に怒られてもゲームへの熱は冷めることがなかった。

それどころか高校を卒業したと同時にプログラミングを勉強し始め、独学でエンジニアになり、ゲーム会社で下積みを重ねていた。

そんな中で出会った同じゲーム仲間と、今回ようやくオリジナルのゲームで独立しようとしていた矢先だった。

(約束一つ守れない人間の犠牲になるなんて我慢できない)

フツフツと湧いてくる怒りが抑えきれず、私は思わず叫んでいた。

「お姉ちゃんに任せて！」

「え……任せるって？　やだよ俺、姉ちゃんが身を売ったりするのは」

「バカ！　誰が身を売るのよ。給料のいいところに転職して、お金を作るから」

「……嬉しいけど、姉ちゃんこの前実家の外壁工事費も出したばっかりじゃん」

「まぁ……ね」

自営業者の両親は元々借金を重ねながら生活しており、家の修繕費なんかとても出せる様子ではなかった。

でも家は限界になっていて、私がその時持っていた貯金をすべてはたいてリフォームしたのだ。

「でも、親は親。純也は純也。大切な家族のためなら力になるのは当然と思ってるから」

「姉ちゃん……」

純也は目を潤ませながら、こくりと頷いた。

「姉ちゃんが協力してくれるのは心強いよ。でもホント、可能な限りでいいよ。俺も自力でできることはどうにかするから」

「どうにかって？」

「プログラマーのバイトをする。お世話になってる人が仕事をくれるって言ってくれてるんだ。だからそこで頑張れば、少しは金になると思うから」

純也は私にだけ苦労はさせられないと自分もギリギリまで頑張るつもりだと言った。そんな彼だからますます私は力になりたいと思ってしまう。

「じゃあお姉ちゃんは早く借金を返せるように少し応援するよ」

(せめて借金の半分はどうにかしてあげたい)

「うん。ありがとう。友達もきっと喜ぶ」

純也は少し希望が見えたように表情を和らげると、私が用意したご飯を少しずつ食べ始めたのだった。

それから私はすぐに行動を起こした。

元々働いていたブラック気味の職場を退職し、以前より最低二倍のお給料が出るところを探して毎日転職活動をした。

とはいえ、華やかな経歴があるわけでもない私がそんな条件のいい仕事に就くのは簡単ではなく、届くのは不採用通知ばかりの現状だ。

(やっぱりすぐにたくさんのお金を得るっていうのは簡単じゃない……か)

秘書検定を持っていること、多少英語ができることを活かしたかったのだけれど、今どきこれくらいの能力を持っている人は多い。

もっと能力のある人じゃないと、いいお給料は望めないのか。そう絶望しかけた時、秘書という職種に驚きの金額が提示されている求人が目に入った。

「タチバナ法律事務所……所長秘書、月給……え、本当に？」

目を疑ったけれど、本当に私が望んだ通り以前の二倍の給料が約束されている。

恐ろしく大変な仕事なのかもしれないと思いつつも、ここ以外に同じような条件を出している会社は見当たらない。

（大手企業も驚くようなお給料で、おまけにボーナスも年に三回出る。これだけの条件ならきっと競争率も高いよね……それでも可能性がゼロじゃないなら……いちかばちか、ここに賭けてみよう）

そう思い立ち、私はその事務所向けに履歴書を作成し始めた。

なんとか電子履歴書をアップロードするところまで終えたものの、返信が来るまでどうにも気持ちが落ち着かない。

（この事務所がどんな雰囲気なのか見てみたいな……偵察がてら出かけよう）

私は善は急げとばかりに着替えると、最寄り駅まで自転車を走らせた。

四月半ばの風はまだ肌寒さが残っていたけれど、そんなのは今の私にはさほどこたえなかった。

いくつか駅を経由して、都心の街にたどりついた。

少し迷ったものの、事務所が入っているビルはとても目立つのですぐにわかった。

「これがタチバナ法律事務所の入っているビル……」

都心に建ちながらもそれなりの面積を保有したビルで、ピカピカの窓ガラスからは綺麗でお洒落《しゃれ》な待合室が見える。

全体的に新しくてモダンなデザインで、一見すると高級マンションかなと思ってしまう。

（ここに事務所を構えられるだけでも、相当に繁盛《はんじょう》しているのがわかるなぁ）

事務所の悪い噂は特になく、とにかく経営者である弁護士が優秀だという評価が多い。小さな仕事から大きな仕事まで、スピーディーに確実に勝利へと導くのがモットーだとか。

（頭の切れる弁護士ってなんか冷たくて怖いイメージあるけど、大丈夫かな）

二十階以上ありそうなそのビルを見上げていると、入り口のドアから一人の男性が出てきた。

その人はスラッと背が高く、身につけたスーツから体型が整っているのが遠目にもわかる。

色素の薄い髪が風になびくと光が反射するように煌《きら》めき、通りかかった人は思わず二度見してしまうような目立つ容姿の人だ。

（芸能人なのかな）

そう思って何気なく視線を向けていると、その人は私のほうを見て嬉しそうに手を上げた。誰に振っているのだろうと後ろを振り返るけれど、私の他には誰もいない。

（まさか私？）

スーツの襟元には存在感ある弁護士バッジが光っていた。

（この人、もしかしてタチバナ法律事務所の人？）

「お待たせ」

「いやあ、ミーティングが思ったより長引いちゃって」

目の前まで歩いてきた彼は、当然のように私の肩を抱いて歩き出す。

「ちょ……っ」

顔を上げると、ぐんと近づいたその人の顔は遠目に見るよりもっと整っていて驚く。それになにより――

(声がすごくいい)

体の芯をくすぐるような、抑えめな低音がゾクリと響く。

(顔が整ってる上に声までいいなんて、本当に俳優とかじゃないのかなあ)

そんな感想を抱いていると、突然後ろから女性の高い声が響いた。

「……っ！　……待って！」

「あの。あの人、あなたを呼んでるんじゃ……」

「黙って」

彼は私の声を封じると、そのまま強引に進んでいく。

「歩調を合わせて。嬉しそうにしてて」

(なにこの人……強引すぎ！)

「離してください」

「だめ」

「え？」

肩に置かれた手を払おうとするも、がっしりホールドされていて離れられない。

「もう少し我慢して」

「ええっ」

歩調はますます速くなり、後ろの声は小さくなっていく。

「私——諦めない——っ！」

（諦めない？　こじれたカップル？　なんなの～～！）

さながら恋人同士のように密着しながら数百メートルほど歩いただろうか。

男性は路地裏を通った先にあるレストランのドアを開け、私をぐいっと押しこんだ。

「う、わっ！」

カランッと音が響いて、ドアがパタリと閉まった。

「いらっしゃいませ」

中に客はほとんどおらず、柔和《にゅうわ》な表情をした男性店員が一人いるだけだ。

アンティークのスタンドが間接照明となり、店内をムーディーに照らしている。

「……諦めたか」

男性はそう呟きながら、窓から外の様子を窺っている。

「あの。私、もう行っていいですか」

恐る恐る質問すると、男性はこちらを振り返って改めて私をまじまじと見た。

そしてクスリと笑うと、私の肩から手を離した。

「協力ありがとう、助かったよ。付き合ってくれたお礼に、この店のものをご馳走しよう。今日の予約はもうないだろうから」

「え、ご馳走って？」

（どうしよう。こんな訳のわからない展開でご馳走になっていいんだろうか）

戸惑う私の背に軽く手を当て、奥のテーブル席へと案内される。

椅子を引いてニコリと微笑む姿は、高級料理店のウエイターみたいだ。

「どうぞお姫様。おかけください」

「あ、ありがとうございます」

（ご馳走になるってまだ言ってないんだけどな）

今さら断れない雰囲気になり、仕方なく椅子に座る。

すると目の前には美味しそうなプレートランチの写真が並べられた。

「美味しそう」

「うちのメニューはどれも好評だから。味は保証するよ」

（食べるつもりなかったけど、こんなの見せられたらお腹が鳴ってしまう）

結局私はパスタとグラタンのセットをお願いして、食前に出てきたフルーツジュースも遠慮なくいただいた。

「美味しい！　これ、手作りジュースですね」

私がすっかりご機嫌になったのを見計らい、男性はふっと嬉しそうに目を細めた。

「料理はもっと美味しいよ」

「そうなんですか？　期待しちゃいます」

「期待には存分に応えられると思う。じゃあ五島《ごとう》、会計はいつも通り事務所に請求して」

「かしこまりました」

五島と呼ばれた男性は、丁寧に頭を下げてスーツの男性を見送った。

（なんだったんだろう……変な人）

唐突すぎる彼の振る舞いに、首を傾げていると、五島さんが申し訳なさそうに言った。

「申し訳ありません。公輝様はあのようなことが日常茶飯事でして」

「日常、なんですか。大変そうですね」

（あの人〝まさき〟っていうんだ……思いがけず名前を知ってしまった）

「ふふ、まあどうぞせっかくですからお召し上がりください」

出来立てのパスタとグラタンを見て、急に気持ちが和らぐ。

ツヤッとしたキャベツとアンチョビのパスタに、エビをふんだんに使った表面がカリカリのグラタンは見てるだけでヨダレが出そうなほど美味しそうだ。

当然味も美味しくて、私はそのランチをペロリとたいらげてしまった。

（これは……大抵の失礼は許せてしまうなあ）

五島さんは慣れた手つきでコーヒーを淹れてくれ、美しいカップと共に差し出してくれた。

「お嫌いでなければケーキもお出ししましょうか」

「は、はい。ありがとうございます！」

素直に喜ぶと、五島さんは優しげに目を細めた。

話しやすそうな空気を醸《かも》し出す五島さんに、私は思わずさっきまでの経緯を愚痴《ぐち》まじりに話した。

「――というわけで、かなりビックリしました」

「そうですか」

五島さんは同情するようにこくりと頷いた。

「災難でしたね」

「本当ですよ」

コーヒーを一口すすり、ふと不思議に思って顔を上げる。

「あの、ここって……普通のレストランじゃないんですか？」

（今日はもう誰も来ないだろうからって言ってたよね）

「ここはタチバナ法律事務所の秘密基地のようなものでして。ご予約された方しか入れないレストランでございます」

「秘密……ってことは、事務所で話せないことを相談する場所、ってことですか？」

「まあ、そのようなところです」

五島さんは困ったような笑みを浮かべた。

（後ろ暗い事情でもあるのかな。これ以上は聞かないほうがよさそう）

そう思い、私は口をつぐんだ。

「ごちそうさまでした。とても美味しかったです」

コーヒーをいただいたあと、私は五島さんにお礼を言ってレストランをあとにした。


数日後、書類選考が通ったという連絡が来て私は歓喜の声をあげた。

「よかった！　絶対無理だと思ってたのに。可能性が出てきた」

（事故みたいな出会いだったけど、あの日事務所の弁護士さんと顔を合わせたのも、なにかの縁だったのかも）

「採用されますように」

願いをこめて髪を整え、スーツをまとい。

「いざ！」

と、気合を入れて事務所のあるビルへと向かった。

一度外観は見ていたものの、中に入るのは初めて。緊張しながらエレベーターで最上階まで行く。

このビルの最上階は特別らしく、フロアの真ん中には庭園が広がっていた。

（空が見えて解放感があるなぁ）

窓越しに見える空を見上げ、ここで働く自分を想像した。

（うん、いい感じ）

しっかりイメトレをすると、面接時間に合わせてインターホンを鳴らす。すると、落ち着いた男性の声が返ってくる。

「本日面接予定の三国様ですね。ドアは開いてますので、どうぞ中へお進みください」

「ありがとうございます」

恐る恐るドアを開けて中に入ると、五十代くらいの物腰柔らかな紳士が出迎えてくれた。落ち着いた雰囲気ながら、目の奥にはすべてを見抜くような鋭さが宿っているように見える。

(厳しそうな人だな)

「はじめまして。三国と申します。本日はよろしくお願いいたします」

第一印象はなにより大事と思い、丁寧なお辞儀をして笑顔を浮かべる。

すると男性も目を細め、最初より少しだけ優しい表情になった。

「こちらこそ。私は橘の秘書、柴崎《しばさき》と申します。では所長と対面していただく前にまず私と面接していただきます、どうぞ応接室へ」

「はい」

私は柴崎さんの丁寧なエスコートに従い、ガラス張りの立派な応接室へと足を踏み入れた。

応接室に置かれたソファに腰掛け、私はまず柴崎さんからヒアリングと称して主に私自身のことに関する質問を受けた。その内容は驚くほどシンプルで、面接というには気が抜けるほどのものだった。

「――だいたいわかりました」

タブレット端末に入力し終えると、柴崎さんはそれをテーブルに置いて私を見た。

「当方に応募されたのは主に給与面に魅力があったからということですね」

「そうですね」

「他の会社などよりも高めに設定をしていることには理由があるのですが、それもご承知いただいていると思ってよろしいですか？」

「内容によりますが……」

（お給料を弾まないと見つからない人材なのだとすれば、ちょっと予想のつかない仕事なのかな）

一抹の不安はよぎるけれど、ここで怯むわけにはいかない。

「私ができることでしたら、お給金以上のお仕事をするよう頑張るつもりです。いい加減な気持ちでは来ていませんので。よろしくお願いします」

「……いいでしょう。では、こちらの要求する仕事を伝えます。よろしいでしょうか」

「はい」

いよいよ本格的な仕事内容を聞くこととなった。

姿勢を正して改めて話を聞く体勢になると、柴崎さんは厳しめの口調で言う。

「所長秘書としての事務的な仕事は主に私がやっており、特に不便はありません。なので、第二秘書にお任せしたい仕事はもっと目に見えづらいものとなります」

「見えづらいもの？」

「はい。橘のモチベーション維持が主な仕事になります」

「メンタルケア、的なことですか？　私、心理学などは学んでいないのですが」

「そういう学術的な知識は必要ありません。重要なのは相性でして」

「相性」

「ええ。これが……なかなか適した人がおらず」

本当に苦労しているようで、柴崎さんは眉根を寄せて小さくため息をついた。

話によると、所長である橘さんは相当な切れ者だけれど気難しい一面があるらしい。

文句なしに頭のいい方で、海外の大学を出たあとは日本に戻ってきて司法試験に一発合格。大手事務所に入り名を上げたあとは独立して今の事務所を一人で設立したという。

この事務所は広告を一切出しておらず、口コミのみで顧客を増やし……今や業界内で彼の名前を知らない人はいないのだとか。

(相当に優秀な方なんだ)

総合的に優れすぎている弁護士であるため、高額な弁護士費用に文句を言う人はいないという。

「すごい方なんですね」

「ええ。一度スイッチが入ればあの方は無敵です。ですが、先ほど申し上げた通り気まぐれな性格でして……そこが唯一の問題点といいますか……」

「それでモチベーション、ですか」

「ええ」

そんなすごい先生のやる気を私が維持できるとは思えない。

でも、柴崎さんは書類選考の段階で、私にある程度それは望めると思ってくれていたみたいだ。

「貴方は共感する力がとても高いようですね」

履歴書を出す時に一緒に提出するように言われていた性格テストやEQテストの結果を見ながら、柴崎さんが目を光らせる。

（そういう部分を見てるんだ）

「ええ、まあ。弟には気にしすぎ、お節介すぎって怒られることもあります」

大勢の人と関わろうとすると、たくさんの思考が読めてしまって疲れてしまったりもする。

とはいえ人と接するのは嫌いではないから、週末はボランティア活動に参加したりすることもある。

「なるほど……やはり貴方で正解のようです。私どもはそのような方を求めていました」

「と、いいますと」

「他人の気持ちを理解できて、どこまでも人の役に立ちたいと思っているような方。そのような方でないと、第二秘書の仕事は務まらないということです」

（私、そんなにすごい人間じゃないんだけどな）

「私がお役に立てるのならば、嬉しいですが」

「採用になった際には期待してますよ」

「は、はい。それはもちろんお任せください！」

（なんたって破格のお給料だし。採用してもらえるなら、それに見合った仕事をしないとね）

結構なプレッシャーをかけられた気がするけれど、弟のために仕事を得たいという熱意は変わらなかった。

「では、次は所長面接となりますが……」

柴崎さんは私をチラリと見てから、腕時計に視線を落とした。

「お疲れになったでしょうから、中庭で少し休憩されては？　うちの庭はちょっとした自慢ですし、今の時間は誰もいないのでゆっくり休めるでしょう」

「はい。そうさせていただきます」

(このまま所長面接だとキツいって思ってたから、嬉しいな)

「では……」

私はそそくさとバッグを肩にかけると、ソファから立ち上がった。

「では、少し失礼します」

「十五分したら戻ってくださいね」

「かしこまりました」

柴崎さんに丁寧にお辞儀をしてドアに向かうと、足がカクカクした。

(緊張しすぎて、体がガチガチだ)

自慢というだけあって、フロアの真ん中がくり抜かれたようになった庭園には都会の喧騒《けんそう》を忘れられるような静けさがあった。

「法律事務所っていう堅いイメージが和らぐなあ」

お洒落《しゃれ》な白い木製ベンチに腰を下ろし、辺りを見まわした。

どうも今日の面接は私だけなんじゃないかという気がしてくる。

そう思うくらい、私一人にかけている時間が長い。

(ライバルがたくさんいるだろうなって覚悟してたから、ちょっと意外)

「さっきのヒアリング、すでに最終面接みたいな感じだったし……」

なにを尋ねられたかノートに記録し終えると、私はふうと息を吐いて空を見上げた。

雲が流れていく様子をぼうっと見ていると——

「いい天気だね」

今まで誰もいない庭園だったのに、不意に男性の声がして視線を戻す。

「あ……っ」

そこに立っている男性を見て、驚きで思わず声が出る。

(この人、面接に来る前に私をレストランに拉致した人!)

「また会ったね」

すると彼は少し微笑んで、芝生を踏みながらこちらへ近づいてきた。

(この前はしっかり容姿まで見てなかったけど、結構若いよね)

年齢は二十七、八くらいだろうか。

高級そうな仕立てのスーツがビシッと決まっていて、ジャケットの襟にはドラマなどでも見たことのある弁護士バッジをつけている。

(やっぱり弁護士さんだったんだ)

「この前はありがとう」

私の目の前まで来ると、彼は親しみのある笑顔を浮かべて言った。

「いえ、私はなにもしてないですから」

「いや、君のおかげだ。面倒な人につきまとわれて参ってたところだったから……ていうか、君、秘書に応募してきた人？」

「あ、はい。そうです」

戸惑いながら言葉を返すと、彼は隣にストンと腰を下ろして私の顔を覗きこんだ。

「君、なにか不思議な女性だよね。周囲四十五センチ以内にいて、なんともない人って珍しい」

「四十五センチ、ですか」

「パーソナルスペース。相性が悪い人の場合、至近距離では拒絶反応が出るんだよ」

言われてみるとほとんど知らない人なのに肩が触れそうなほど近い距離に違和感はない。

(先日唐突に肩を抱かれた時も、驚いたけど嫌じゃなかった。それに相変わらず声がいいし……この人の側にいられるなら耳福だなあ)

そんなことを考えていると、彼は面白そうに口元を緩めた。

「面接、どう？　通りそう？」

覗きこんでいた顔をさらに近づけ、私を見上げてくる。

その視線があまりに強いから、まともに見返せなくてドキドキしてきた。

「ええと……」

(この人距離感おかしいのかな。拒絶反応はないまでも、近すぎる気がするんだけど)

声が好みな上に整った顔立ちが近くにあると、推しのアイドルにでも会ったかのようなソワソワ感が出てしまう。

返事をどうしようか迷っていると、彼は構わず私のほうへ肩を寄せてきた。

「あの……？」

「そのペン、お気に入りなの？」

「へ？」

指差されたのは、私が手にしているボールペンだった。

頭に漫画キャラクターがコミカルにデフォルメされたマスコット『ニャンペン』が付いているやつだ。

「はい。シリーズで十種類あるんですけど、特にこのマスコットが大好きで」

「へえ」

(子どもっぽいって思われたかな)

彼は興味深げに私のボールペンについているマスコットを指でつつくと、ふと顔を上げて私を見た。

「君、自覚してないかもしれないけど、結構なラッキー体質だ」

「？　どういうことですか？」

「まず、面接前に俺と面識がある時点で相当なラッキー。その上、今日面接にまで進めているのは君だけなんだ」

「ええっ⁉」

「だからどんなラッキーガールなのかなと思って見に来たら、あの時の子だったからますます驚いたってわけ」

募集をかけた時は、何百件ものエントリーが殺到したらしい。

それを柴崎さんが猛スピードでチェックし、合格を出したのが私だけだったと——そういうことらしい。

(まさかと思ったけど、本当に私だけだっとは……！)

「数名は残るかと思ったんだけど、そうはならなかった」

「柴崎さんて、履歴書だけでどんな人かわかっちゃう人なんですか？」

「まあね」

柴崎さんは顧客と弁護士をマッチングさせるのにもすごい能力を発揮するのだとか。

「相性を嗅ぎ分けるプロって感じかな」

「……そうなんですか」

(そんなプロがいるなんて、知らなかった)

「でも、所長がだめって言ったら合格にはならないですよね」

「そうだね。そうなったらまた一から募集のかけ直しだから大変だな」

他人事のように言い、彼は突然自分の胸ポケットから万年筆を取り出して言った。

「出会った記念にそのマスコットペン、俺のこれと交換しない？」

「え？」

差し出されているのは、いかにもブランドものの高そうなやつだ。

とても数百円で買ったボールペンと釣り合う感じがしない。

「いえ、そんな高価そうなものと交換するようなものじゃないです」

(普通に文具屋に行けば三百円くらいで買えるものだし)

万年筆を受け取らずに断ると、彼はうーんと考えたあとパッと目を見開いた。

「じゃあ君を本物のラッキーガールにしてあげる」

「は？」

「ここに勤めたいんじゃないの？」

「それはそうですけど。まだ所長面接が……」

「大丈夫、俺がその所長だから。三国芽唯《めい》さん、君は合格だ」

彼はそう言って、あっという間に私からボールペンを奪ってベンチを立った。

「あ、あのっ」

(なに言ってるのよ。所長がこんな若い人なわけ……あれ、そういえば所長の年齢聞いてないな)

「じゃあまた明日」

驚く私を残し、その人はスタスタと建物の中に戻ってしまった。

「それは間違いなくうちの橘です。どうやら、面接をするまでもなかったようですね」

(ああ……やっぱりそうか)

戻った応接室で、あの人が間違いなく所長である橘公輝さんだと確認が取れてしまった。

「すごくお若い方だったので、事務所の弁護士さんかと思ってしまって」

（絶対あの態度、馴れ馴れしかったよね）

「橘は今年二八歳ですので実際若いですよ」

「とはいえ、所長さんには違いないです」

（絶対あの態度、馴れ馴れしかったよね）

柴崎さんは真顔でそう答えると、スマートフォンに目を落とす。

「所長からメッセージが来ました。どうやら所長は三国様を気に入ったようです」

「そ、うなんですか？」

「ええ。採用決定です。おめでとうございます」

「っ、ありがとうございます」

（えー……あんな雑談だけでＯＫになるものなの？）

だって仕事の能力とかを買ってくれた雰囲気じゃなかった。

ラッキーガールとか言って、気まぐれに〝合格ね〟って言ったような気もするし。

あっけない合格判定に戸惑っていると、柴崎さんは神妙な顔で付け加えた。

「これは今思いついた提案なのですが。もし三国さんさえ了承してくださるなら、橘のストーカー対策にも協力してもらえませんか」

「ストーカー対策！」

これまた面倒……いや、大変な内容の仕事に驚く。

「橘を慕ってくれるのは嬉しいのですが、クライアントの中にはこちらが対処しきれないほどの方もおりまして……」

「ああ……」

（初対面の時に遭遇したあれ……五島さんが日常って言ってたもんね。大変そうだな）

しつこい女性に絡まれると機嫌が悪くなる橘さんの集中力低下を避けるため、それとなく諦めてもらうよう私にも協力してほしいという。

「私にできますかね」

「貴方ならできそうだと感じております。ただ……一つだけ注意点が」

「なんでしょうか」

「橘とは一定の距離をとっていただきたいのです。これはプライベートな話になりますが、橘は由緒ある家柄の長男でして」

最近では聞きなれない〝家柄〟という響きに、ピクリとなる。

私はあまりそういう古い体質の話は好きじゃなくて、もう時代が違うのだからどんなに由緒ある家の子どもだって自由にやりたいことをやったほうがいいと思っている。

でも、橘さんはそうも言い切れない事情を抱えているみたいだ。

「ご結婚をされて、早々に後継を……と、期待されているお方なのです」

「そうなんですね」

(びっくり。まだそういう家柄ってあるんだな……自分には縁がない話だなあ)

驚きを通り越して、うっかり親しげな口も利いちゃいけないんじゃないかと緊張してしまう。

(まさか私が橘さんと変な関係になるんじゃないかって心配されてる?)

「でもそういう方なら許嫁《いいなずけ》がいらっしゃるんじゃないですか?」

「いいえ。候補者は時々ご紹介しているのですが、今のところ公輝様にご結婚の意思がなく……旦那様は頭を悩ませているようです」

「なるほど……」

この問題は柴崎さんにとっても頭を痛める問題なのか、深刻そうに眉根を寄せた。

橘さんの呼び名も普段呼び慣れているのであろう〝公輝様〟になっていて、私はすっかり柴崎さんの相談相手になってしまった。

「ご事情はわかりましたけど、私は身分もなにもない人間なので。必要以上に親しくなるつもりはないですから」

真剣に仕事を探している私としては、軽く見られている感じがしてちょっと嫌な気分だ。

「私はここで一生懸命仕事をすることしか考えていませんので」

念押しで言うと、柴崎さんもハッとした顔をして慌てて頭を下げた。

「不愉快にさせたのでしたら申し訳ありません。ですが私情のもつれが一番厄介なので」

「いえ、大丈夫です。柴崎さんのお言葉、しっかり肝に命じておきますね」

私の真剣な言葉に安心したようで、柴崎さんは表情を和らげた。

「もしかして……と思ったのは、私の考えすぎのようです」

「もしかして、とは？」

「所長が自分から女性に近づくことは稀なので……いえ、私が勘ぐりすぎました」

そう言ってから、彼は今後の仕事について一通り説明してくれた。

一般的な事務作業はそれほど問題ない。

最も大変なのは橘さんのやる気を維持させるという任務……私にも予測不能の仕事だ。

「この事務所にはあと二名の弁護士と事務員が一人在籍しております。明日以降でタイミングが合いましたら紹介いたします」

「わかりました」

（大変なのは覚悟の上だし……とにかく頑張ろう）

そんなことを思いつつ、私は怒涛の面接を終えたのだった。

第二章

翌朝、早速事務所に初出勤した私は、すでにミーティングを済ませていた他の所員に挨拶をした。橘さんとは別のクライアントを抱える弁護士さん二名と、事務全般を担っている方を合わせて三名だ。

「三国芽唯です。法律関係の仕事は初めてなので、いろいろとご迷惑をおかけするかもしれませんがどうぞよろしくお願いします」

「タチバナ法律事務所へようこそ、金城《かねしろ》です。事務所内でわからないことがあったら聞いてください」

頭を下げると同時に、柴崎さんよりは若干若そうだけれどかなりベテランな雰囲気の弁護士さんが手を差し出した。

「はい。よろしくお願いします」

挨拶の握手を交わすと、金城さんの隣に立っていた女性の弁護士さんも握手を求めてきた。

「工藤《くどう》です。橘さんの相手は大変だと思うけど、頑張ってね」

この方もベテランな雰囲気があって、笑顔にも余裕が見えた。

三人がいる部屋のムードも全体的に落ち着いている。

（よかった、このメンバーならうまくやっていけそう）

「精一杯頑張ります！」

「ふふ、マイペースでいいと思うわよ。柴崎さんが認めた方なら間違いないでしょうから」

「ありがとうございます」

皆さん優秀な方ばかりで、自分がこの事務所のメンバーになるのが不思議な気分だ。

「三国さんには、所長室の横にある控え室で仕事をしてもらいますので」

「はい」

「昨日もお伝えした通り、主な仕事は身の回りのお世話と所長のモチベーション維持ですので。くれぐれも口答えなどはなさらないように」

「わ、わかりました」

所長室へ向かいながら、柴崎さんからこんな忠告をされてしまい、緊張感が高まる。

（あの癖の強い所長と一対一でやりとりするのか……できるかな）

とは思うものの、これが高給の理由だと思うと納得しないわけにいかない。

純也は少しずつ元気が戻り、プログラミングのバイトも順調らしく、かなり前向きな気持ちになってくれている。

ここで私の頑張りがなくなったら、また借金に追われる生活に戻ってしまうかもしれない。

（すべてを代わってあげられるわけじゃないけど、純也にはとにかく心配事を減らして次のステップを踏めるようになってほしい）

その一心で、私は覚悟を決め、所長室のドアをノックした。

「どうぞ」

中の声に従ってドアを開けると、あの男性が立派ないわゆる社長椅子に座っていた。

(当たり前だけど、やっぱりあの人が所長の橘さんだったんだ)

面接より前に会うなんて、確かに妙な縁があるものだなと自分でも思う。

おかげで無事仕事を得るに至ったのは感謝すべきなのか……

「――という日程になっております」

私がぼうっとしている間にも柴崎さんはテキパキと今日の予定を伝えた。

「新規のクライアントは？」

「本日は三件、面談の希望がございます。すべて午後に集中させましたので、午前は書類に集中できるかと」

「わかった」

「詳細は三国さんにメールでお渡ししますので、時間のご確認は彼女から聞いてくださいませ」

「そうするよ」

「では私はこれで」

柴崎さんは深くお辞儀をすると、私の方へ向き直り軽く会釈した。

「三国さん、あとのことはお願いします。わからない点がありましたら遠慮なく私に尋ねてください」

「はい。ありがとうございます」

柴崎さんは厳しい目を一旦私に向けると、音もなく所長室を出ていった。

所長を丁重に扱えという圧を感じ、背筋が伸びる。

やや怯みそうになる気持ちを立て直し、私は改めて所長にも挨拶した。

「三国です。本日から橘さんの秘書としてお仕事させていただきます。よろしくお願いいたします」

「よろしく。俺のことは橘でも公輝でも、呼びやすいようにどうぞ」

「わかりました」

想像していた神経質な弁護士という印象とは違って、橘さんはどこか捉えどころのない不思議な優雅さを感じる人だ。

凛々しい表情もするけれど、たまに見せる笑顔には上品なものが感じられる。

(家柄がいい人っていうのも頷ける)

「君、給料がいいからここに応募したんだって？」

素敵な人だと思っていた矢先、鋭い質問が飛んできた。

「え、あ……はい。まあ」

「へえ、そんな金に目が眩んだ人間には見えなかったけど」

どこかがっかりしたような響きがあったけれど、私はそれを否定することができない。

(実際、今私はどんなものよりお金が必要だ。自分のためではないんだけど……でもそんな事情を

ここで言うのも変だし）

「お金が好きな人間ではいけませんか」

私の質問に彼は笑って手を軽く振った。

「別にだめとは言ってない。ただ意外だっただけだよ」

言いながらカップのコーヒーを口にし、ふっと眉根を寄せた。

「駅前ショップのブレンド、今日は美味しくないいな」

（朝はコーヒーが必須の方なのかな）

彼はカップを机の横に退けると、様子を窺っていた私を見た。

「ごめん、アネモネで淹れてもらってきて」

「アネモネって、あのレストランですか」

「そう。少し離れてるけど確実に美味しいから。お願いできる？」

オーナーである五島さんのことはとても信頼しているらしく、豆も常に最高のものなのだと説明してくれた。

「わかりました、淹れてもらってきます」

「うん。あ、豆はコロンビアでって伝えて」

「はい！」

（よし、初仕事だ）

こうして初仕事はコーヒーのテイクアウトということになったのだけれど、そのあとは、スケジュールの確認やら移動のための車を手配するやら。それなりに秘書っぽい仕事もこなしていた。

(順調だ。これくらいならなんとか仕事をこなしていけるかも)

そう思っていた矢先、新規案件を相談に来たお客様へのお茶出しを頼まれた。

なにやら深刻そうな様子の二人の女性だったけれど、温かい飲み物で心が和むならと紅茶を準備する。

「ええと、お湯は沸いたから……ティーバッグを……」

慣れない給湯室の使い方にまごまごしていると、うっかり手が掠って皿を落としてしまった。

ガシャーン！

静かな空間に陶器の割れる音が響いた。

お客様がいる部屋が隣だったため、おそらく相当に響いたに違いない。

「し、失礼しました！」

すぐにお詫びの言葉を口にしたものの、そのお客様は憤慨《ふんがい》した様子で部屋を出てくる。

「話を続ける気持ちが削がれました。もう結構です」

(えっ)

「ご不快にさせてしまい、申し訳ありませんでした」

引き留めるでもなく、橘さんはそう言って軽く頭を下げた。

帰っていくお客様をフォローするように、柴崎さんがエレベーターのボタンを押してあげたりしている。

（これって……もしかして、大失態してしまった？）

「申し訳ございません」

「謝ってもクライアントは戻らない」

「……………」

お客様が帰ってから、私は所長室で橘さんと向かい合っていた。

彼は腕を組み、冷静な表情で私を見下ろしている。

（早くもしでかしてしまった……）

「あの……私、秘書を辞めたほうがいいですか？」

「どうして」

「だって大切なお客様を逃してしまって。私にはどうすることもできないので」

「……君は自己犠牲的すぎるね」

呆れたようにそう口にすると、彼は腕を解いて少し表情を和らげた。

「先方は気が立っていただけだし、君が皿を割ったのは不愉快だったけれど、仕事上は大したことじゃない」

「そう、なんですか？」

「やり直しが効かないほどのミスなんてそうないよ」

（最初からそう言ってくれれば……っ）

もう取り返しがつかないに違いないと思っていた私は、脱力してその場に崩れそうになった。

「私、まだこちらでお仕事させていただいていいんですか？」

「一つお願いしたいことがあるとしたら、もう少し堂々としてほしいかな」

「わ、わかりました。気をつけます」

「うん」

（よかった……っ）

橘さんは安堵する私から目を離すと、ソファにかけていたスーツのジャケットを手に取った。

「午後はランチを取ったら買い物するから準備しておいて」

「買い物……橘さんの買い物ですか？」

「君のスーツだよ」

「スーツ……？」

「これから君は俺の秘書として外に出ることも多くなる。変な姿で品位を落とされても困るから」

「ひ、品位」

（今のスーツじゃあ品位が保てないと⁉）

多少ショックではあったけれど、確かにブランドスーツを身につけているわけじゃないからなにも言い返せない。

結局この日の午後、私たちは橘さんの希望する秘書としてのスタイルになるために高級ブランドショップへと向かった。

「いらっしゃいませ」

気後れするような煌《きら》びやか店内に、ひるんでしまいそうなほど美しい店員。

こんなに高級そうな店で買い物したことがないから、なにをどうしたらいいかわからない。

すると橘さんが私の頭から足先までをまじまじと見て、店員になにか伝えた。

「かしこまりました。ぴったりのものをご用意いたします」

なにをかしこまったのかわからないけれど、持ってこられたスーツはかなり細身のもので、スカートとパンツ両方が揃っている。

(どんなブラウスにも合いそうだし、着回ししやすそうだな)

そんな色気のない感想を抱いた私だけれど、試着してみてそのピッタリ具合に驚いた。

「こんなにピッタリなのに苦しくない！」

「うん、そのスーツでいいと思う。スタイルっていうのは服で決まるものなんだなと改めて思うよ」

(どういう意味？)

橘さんの言葉にはカチンとしたものの、スーツは文句なしに素晴らしい。

さらに宝石店へ足を運ぶと、控えめでありながら高級感のあるイヤリングを勧められた。

アクセサリー一式も相当に値の張るものだった。

(綺麗、だけど……高いなあ)

「試しにつけてみたら」

「あ、はい」

「ごゆっくりお試し下さい」

店員さんはフィッティングルームに私たちを残して一旦退出した。

並べられたイヤリングを一つずつ試してみると、どれも素敵で迷ってしまう。

「うーん……」

「なにを迷ってるの」

「一日つけて痛くならないのが一番いいんですよね」

「……なるほどね」

言いながら不意に耳の縁を指で触れられ、びっくりして飛び上がる。

「な、なんですか」

「耳の厚みを見ようと思っただけだけど？」

「なにも、触らなくても……」

「へえ、耳が弱点なんだ」

「っ⁉」

突然彼の瞳が意地悪く光ったのを見て、錯覚かと瞬きをしてしまう。

穏やかでフラットな印象だった橘さんが見せた、意外な顔だった。

(なんだろ、この……体の自由が効かなくなる感じ)

軽い金縛りにあったように動きを止めていたけれど、彼が視線を外すと同時に一気に緊張が緩んだ。

「このイヤリングが適当みたいだな」

それは雫のような小さなダイヤがぶら下がった綺麗なイヤリングだった。

心は惹かれるけれど、どうにも値段が気になる。

(指輪と違わないような値段だった気が……)

「秘書がこんな高いものを身につける必要、ありますか？」

「事務所に必要なものだから購入する。これは個人的なプレゼントではないし、代金は一切気にしなくていいよ」

「そう、ですか」

(橘さんにとって必要なことなのだったら仕方ない。この仕事を辞める時、お返ししよう)

「で、あとは――」

下ろしていた髪の毛先をぐっと掴まれて、耳の時よりもさらに驚く。

「っ、今度はなんですか」

「髪なんだけど、明日からは後ろで一つにまとめてきて」

「ええと……今もバラつかないようにサイドは留めてますけど。これじゃだめでしょうか」

「口答えしないで、言われた通りにして」

(なにその言い方！)

憤慨《ふんがい》している私に構わず、彼は有無を言わさぬ調子で続ける。

「一般的な秘書の装いにしてもらいたいんだ。俺の言った通りにしてくれない？」

(しまった……機嫌を損ねた)

「わ、わかりました。明日からその理想図に近づけて出勤いたします」

「そうして」

肩をすくめると、私はそれ以上余計なことを言わないよう口をつぐんだ。

（俺様気質なのかな……柴崎さんが言っていた気まぐれってこういうこと？）

口答えしてもあまり意味がないと思い、私は明日からは素直に一つに束ねてこようと思った。


そんなことがあった翌日、別室で仕事をしている金城さんが困った顔で所長室を訪れた。

（珍しいな、金城さんがこんなに困った様子なのは）

「どうした」

橘さんが話を聞く体勢になると、金城さんは神妙な顔で事情を話した。

「離婚訴訟で母親を助けてほしいという中学生が来てまして」

「ほう」

「お金はないけれど、高校生になったらアルバイトして払うからって言うんです」

（健気《けなげ》だな……なにか力になってあげたいよね）

私がすっかり同情的になっている中、橘さんは即答した。

「それはここでは受けられない案件だな」

（えっ……検討もせずにそんな決断するんだ？）

やや引いた気持ちでいると、橘さんは髪をくしゃっと撫でて改めて金城さんを見る。

「まだいるの？」

「ええ」

「じゃあ今から彼をアネモネに連れていって」

（えっ、アネモネ？）

予想外の言葉に驚いていると、金城さんはホッとした顔で頷いた。

「ではそちらで話を聞くということでいいですか」

「ああ」

「わかりました。ではそうさせてもらいます」

お辞儀をして去った金城さんに書類の話があるため、私も一緒に部屋を出た。

「中学生なのに両親のことで心を痛めてるなんて」

「ええ。だからアネモネ案件として認められてよかったです」

「アネモネ案件？」

私がそう尋ねたら、金城さんは驚いて私を見る。

「ご存知なかったんですか」

「はい」

気まずそうにしながらも言い出したことは仕方ないと思ったのか、そっと声をひそめて話してくれた。

「実は、事務所で処理できない案件はアネモネで受けることにしてるんですよ」

「そうなんですか？」

もちろんすべての案件を受けるというわけではないけれど、橘さんが助けたいと思ったクライアントには格安で引き受けるということを時々しているのだという。

（アネモネが存在する理由ってそういうことなんだ）

内心、ものすごく闇深い話をするためにあのレストランがあるのかと思ったけど、そうじゃないみたいだ。

それどころか、どうしても弁護士費用が払いきれない人のための救済措置として設置されているのだと知って驚くやら感動するやら。

「素敵ですね」

素直にそう言うと、金城さんが困惑した顔で私に向かって手を合わせた。

「すみません。この話を私がしたって橘さんに言わないでもらえますか」

「秘密なんですか？」

「ええ。アネモネ案件は私と柴崎さんしか知らないことなんです。それに橘さん、このことを美談にされるのをものすごく嫌がっているので」

（えーなにそれ）

逆に自慢してもいいような活動なのに、そこは隠したいのだという心理がよくわからない。

「すごくいい話なのに……でもわかりました。橘さんには私がアネモネ案件を知ったことは内緒にします」

「そうしてください。すみません、三国さんには知らされているものだと思ってしまって」

私に書類を手渡すと、金城さんはもう一度お願いするように頭を下げた。

ここまで言われてしまったら、橘さんに〝聞きましたよ～〟なんて気軽には言えない。

（いい話なのにな……なんで秘密なんだろ）

なんとも不思議な気分で、私は所長室に戻った。

「戻りました」

「うん」

何事もなかったように淡々とした表情で橘さんは書類作成に勤しんでいる。

ちょっと冷たい人かなと思っていたけれど、実は情け深いところもあるのだと知ると、自分の中で彼への印象が変わった。

（事務所的にはクールでスピーディーを謳《うた》ってるから、温情のある部分は隠しておきたいってことかな。でも……優しいところもある人なんだ）

なんとなく橘さんの様子を見ていると、彼は気になったようで顔を上げた。

「なに？　視線がうるさいんだけど」

「っ、うるさかったですか」

「気が散るからちょっと外しててくれる？」

「……わかりました」

なんとも理不尽に部屋を追い出された私は、彼の二面性に戸惑った。

（優しい人なのか、冷たい人なのか、はたまた二重人格なのか……わからない人だ）

はぁとため息をついた私は、とりあえず橘さんの事務が終わりそうな時間まで中庭でぼうっとしたのだった。

第三章

橘さんの秘書になって一週間が経過した。

覚えるべきことはまだたくさんあるけれど、おおまかなルーチンはこなせるようになった。

ルーチンの中でも特にこだわりがあったのはコーヒーの味だ。

橘さんの好きなコーヒーはブレンドよりは豆単体で挽いたもの。で、深煎りのコロンビアかグアテマラが大好き。アイスコーヒーはオーソドックスなフレンチロースト。ミルクは絶対に入れない。ただ、体調によっては砂糖が少し欲しい時もあるので、スティックシュガーは一応添える。

こんな感じでコーヒーの趣味はだいぶ理解した。

何百本も持っているネクタイの中でお気に入りがどれかも、その整え方もわかった。

予定は少し早めに行動して現地で心を整える時間が必要なことにも対応している。

(うん、やっと少し秘書らしくなってきたかな)

とはいえ激務の橘さんについていくには、普段の三倍は神経を払っていないと到底追いつかない。帰宅しても深夜まで秘書としての勉強をしているから、睡眠時間は平均三時間といったところだ。

それでもこなせない感じではなく、純也が返せないと悩んでいる金額までは頑張るつもりだ。今日は午後から裁判所へ行く予定になっており、私は準備を整えた上で橘さんに声をかけた。

「そろそろ時間です。お願いします」

「わかった」

ジャケットを羽織って身だしなみを整える彼の姿に、つい見惚《みと》れてしまう。

ただし、これはあくまでも目の保養。

どうやらやんごとなき家柄の人であるとのことだし、私なんかが相手されるわけもなく。

そういう意味では安心して仕事ができている。

(だいたいこの人、恋愛とかに興味なさそうな感じなんだよね)

常に淡々とした感じで、外で女性に二度見されていても知らん顔だ。

プライベートではお付き合いとかあるのかもしれないけれど、一緒にいて異性の気配を感じたことはない。

(ストーカーされたりして、異性が面倒とか思ってるのかもしれないな)

もちろん私に対してもドライさは一緒で、耳に触れられた一件以来なにも驚くようなこともない。

裁判所に到着したが、私は傍聴《ぼうちょう》席には入らず控え室で待つことになっていた。

今回の裁判は難しいといわれているらしく、橘さんもさすがに少し険しい表情をしている。

(弁護士の顔……こういう表情もするんだな)

きゅっと口を結んで引き締まった横顔は、いつにも増して格好よく見える。

スーツ姿も凛々しくてこんな立派な人に困っているところを助けられたら、誰でもこの人をヒーローのように見てしまうんだろう。

(依存心が出て、追いかけたくなる女性の気持ちもわからないでもないな)

そんなことを思っていると、控え室の前で不意に誰かに呼び止められた。

振り返ると、眼鏡をかけた神経質そうな男性が橘さんを見て微笑んでいる。

(どなただろう)

「お久しぶりです、橘さん」

「どうも」

橘さんはあからさまに迷惑そうな顔をして、軽く会釈だけした。

ドアノブに手をかけ、中に入ろうとするもその人はさらに声をかけてくる。

「今日は珍しい判例になりそうなので見学に来ました。お手前、拝見しますよ」

「相変わらず暇なんですね、東原《ひがしはら》さん」

「まあ、橘さんよりは暇ですかね」

くすくすと笑ったと思ったら、東原と呼ばれたその人は目を光らせ声のトーンを下げた。

「ところで、その後お姉様はお元気でいらっしゃいますか」

「……今日の案件とはまるっきり関係のない話ですね」

「あれからどうされたかなと私も気になっているんですよ。さぞ幸せにおなりなんでしょうね?」

顔色を変えずに話を聞く橘さんから、背筋が凍るほどの怒気を感じて震え上がってしまう。

(怖……お姉さんがいらっしゃるんだ。過去になにかあったのかな)

（相手も悪いけど、橘さんも態度や言葉に棘がありすぎる）

ハラハラと様子を窺っていたけれど、橘さんは「集中したいので失礼」とだけ言ってさっさと控え室に入った。

「あの……」

追いかけながら声をかけようとすると、彼は言いたいことはわかっていると言わんばかりに強めに言葉を発した。

「あいつは俺とはなんの関係もない人間だ。今後もまともに取り合うつもりはないから覚えておいて」

「は、はい」

（事情はどうあれ、裁判前に心を乱すことを言ってくるなんて、なんか……嫌な感じの人だな）

そうは思ったけれど、これ以上そのことを考えていてもしょうがない。

私は気持ちを切り替えて、持参したコーヒーを紙コップに入れるとキャラメルも一つ添えて差し出した。

「少しだけ甘いものを入れると、短時間ですけど集中力が上がると思いまして」

「…………」

無言ではあったけれど、橘さんは素直にキャラメルを口に入れてコーヒーをすすった。

その表情にはさっきまでの怒りは感じられず、とりあえずホッとした。

その後、控え室にいた私はソワソワソワして落ち着かず、メモ帳にニャンペンの落書きをして気を紛らわせていた。好きなキャラクターを描くのは昔からの趣味で、緊張する場面では常にメモ帳を持ち歩いている。

「ふう……そろそろ終わる頃かな」

メモ帳を閉じて時計を見ると、終了予定時刻の十分前だった。

(いい結果でありますように)

そう祈りながら荷物をまとめて廊下に出ると、興奮気味の人たちが大勢ざわめいていた。

(裁判終わったみたい)

「さすがです、橘先生！」

そう言って橘さんに縋《すが》りついていたのは、今日裁判を依頼したクライアントさんだった。

「橘先生のおかげで、どうにか息子の名誉が保たれました。ありがとうございます！」

(勝訴したんだ)

その結果を知って私はホッと胸を撫で下ろす。

橘さんはこういう場面に慣れているのか、極めて冷静な態度だ。

「私は仕事を全うしたまでです」

「本当に先生に頼んでよかったです！　一生感謝いたします」

クライアントさんは涙ながらに橘さんに何度も頭を下げ、感謝をしている。

(素晴らしいお仕事をされたんだな)

なんだか私まで誇らしい気持ちになってくる。

裁判中の様子を私は見ていないけれど、戻ってきた彼がとても凛々しく輝いていたので、不覚にも少しときめいてしまった。

「お疲れ様です」

「うん」

私の淹れたお茶を一杯飲むと、橘さんは珍しくため息をついた。

「さすがに少し疲れたな」

「難しい裁判だったみたいですけど、流石ですね」

生意気にも褒め言葉を口にすると、彼は怪訝《けげん》な顔をする。

「ストーリーは完成してたからね。今日勝つのは難しいことじゃなかったよ」

「ストーリー……ですか？」

首を傾げる私を見て、彼は面倒な顔をしつつも説明してくれた。

「俺は依頼人にとって他人だ。そんな相手の本心やことの真相は、俺にだってわからない」

「それは、そうですね」

「ただ、依頼人の訴えを正とするためのストーリーに説得力を与えることはできる。それがスムーズであるほど勝算は高くなるんだよ。そういう意味では今日の裁判は九十九％勝利の確信があった」

「……すごいですね」

（クライアントのことを信じてるから……とかもっと熱い心情なのかと思ったけど、案外ドライな

んだな）

そうでないと難しい案件もあるだろうし、そこは納得だ。

「無駄口はこれくらいにして……」

襟を正して立ち上がると、彼は控え室のドアを開けた。

「事務所に戻るよ」

「はい。車はもう回してもらってます」

「うん」

裁判所前に横付けされた車のドアまであと数歩……といったところで、不意に女性が駆け寄ってきた。

「公輝さん、見つけた！」

彼に掴みかかりそうなところを私が割って入り、彼女に向かい合う。

「ど、どなたですか」

「あんたは関係ないわよ」

「あんたって……」

ムッとして顔を見ると――

（あれ、この人って）

その女性の顔を見直すと、橘さんに初めて会った日に彼に大声で呼びかけていた人だった。

（橘さんをストーカーしてる人……！）

あわあわとしていると、橘さんは落ち着いた様子で彼女を見下ろした。

「こんにちは。今日はどのような要件で？」

「要件……というか、お話を聞いてもらいたくて」

「あなたは今、私の顧客ではないですよね」

「冷たい言い方。去年まではあんなに熱心でいてくれたのに」

「……仕事に熱心になるのは当然です」

こめかみを軽く揉むと、彼は深く息を吐いて彼女を見下ろした。

「もう行っていいですか。次の仕事があるので」

「っ、なによ……お金を払わないと話も聞いてくれないっていうの」

(相手にしないほうがいいんだろうけど、橘さんの態度だと彼女を怒らせるばかりだよ)

私は真実を告げようと決意し、女性の前に立った。

「橘さんは今裁判を終えて疲れています。今日はお引き取り願えますか？」

「さっきから目障りね、あんた誰よ」

(ええと、ただの秘書なんだけど……私はストーカー対策としての役割もあるわけで……)

「橘さんの身の回りなどをお世話をさせていただいている者です」

「は？」

場に流れる緊張感を汲み取り、私は咄嗟に妙な言い回しをしてしまった。

私が言った言葉に、橘さんも驚いている。

（嘘は言ってないし、ここはいっそ勘違いしてもらったほうがいい）

予想通り女性は私を恋人と勘違いしたようで、目に怒りの火を灯らせた。

「いつから付き合ってるのよ？」

飛んでくる怒りのオーラに気持ちが怯みそうになるけれど、そこをグッと堪えて微笑みを崩さないように努める。

「橘のプライベートは公言しないことになっておりますので。お引き取りをお願いします」

「なんですって？」

（わあ、怒りが倍増してる！）

「失礼、もう時間がないので」

見かねた橘さんが、強引に私の手をとった。

「わ……」

よろける私の手をきつく握りしめ、女性を残したまま一緒に車に乗りこむ。

「事務所まで戻る」

「かしこまりました」

指示を出すと、運転手さんは慣れた様子で頷いてすぐに車を走らせた。

そっと振り返ると、女性がまだ怒りの表情でこちらを見据えている。

（橘さんを助けようとしたんだけど、余計怒らせちゃったかも）

気まずい感じがして黙っていると、橘さんが苛立ちを隠さずに言った。

「なんであんなこと言ったの。君が口を開いたら、余計相手を刺激するでしょ」

（やっぱり）

きついお叱りを受け、私はただただごめんなさいと頭を下げた。

「謝罪が欲しいわけじゃない」

「……出すぎたことをしたと思っています。でもあんなふうに、自分の敵をお作りになるのは感心しません」

「あっちが先に仕掛けてきたことに、俺が気を使わなくちゃいけないわけ？」

（そうじゃない。恨みを買ったら、結果的に橘さんが不利になってしまうって言いたいのに）

押し黙っていると、彼はさらに言葉を足した。

「俺がどうして迷惑かけられている相手に寄り添わなきゃいけないの」

「寄り添う必要はないのかもしれませんが、少なくとも一度はクライアントさんとして信頼された方だと思うので……」

「は？　信頼？」

怪訝《けげん》な顔で私の顔を見ると、橘さんは心底げんなりした様子で言った。

「君の自己犠牲的な精神はそういうところからきてるのかな」

「自分では自己犠牲とは思っていないですけど」

「……綺麗事すぎる。人は裏切る生き物だよ」

「それは橘さんが周りの人をそういう目で見ているからですよ」

「知ったようなことを言うね」

（しまった。また口答えしてしまった）

「すみません」

どうしても謝罪の言葉しか出てこない。

私はそれ以上なにも言えなくなって再び黙りこんだ。すると、橘さんはかなり疲れ切った様子で言った。

「君は俺が普段あの手の女性にどれだけ迷惑かけられているか知らないでしょ」

「それは、そうですけど」

「もういい……これ以上は話していたくない」

不機嫌そうにそう呟くと、彼は椅子にもたれて目を閉じた。

「橘さん、あと少しで事務所ですよ」

「………」

「橘、さん？」

そっと顔を覗くと、軽い寝息が聞こえてくる。

（えっ、もう寝ちゃった？）

集中して難しい裁判をこなしたのだから、眠くなるのもわかるけれど。

（この場合、どうしたらいいの）

柴崎さんに指示を仰ぐと、お疲れのようならそのまま彼のマンションまで送ってほしいということだった。

「それはいいのですが、起こしてしまっていいものでしょうか」

『それは構いません。ただし、公輝様が部屋に入るところまで付き添って差し上げてください。裁判のあとはいつも以上に集中力が切れておりますので』

どうやら以前、玄関前で力尽きてしまい、体を壊したこともあったらしい。

「わかりました。ちゃんとお休みになるところまで見届けます」

『お願いします』

こうして私は思いがけず橘さんの暮らすマンションへ立ち寄ることとなってしまった。


「橘さん、着きました。これからお部屋に行きますよ」

「……うん」

のろのろと起き上がり、どうにかこうにか車から降りてもらう。

「歩けますか」

「大丈夫」

気だるそうな様子を気遣いながら、一緒にエレベーターに乗りこんだ。

「お住まいの部屋は何階ですか」

「……一番上。最上階の一番奥の部屋。鍵はもう開けてある」

「わかりました」

(事務所もそうだけど、橘さんって一番上が好きなんだな)

最上階のボタンを押すと同時にドアが閉まった。

そこそこ広いエレベーターではあるけれど、密室には違いない。

(なんとなくドキドキする)

「わっ」

ソワソワしつつ視線をデジタルの数字にむけていると、ガクンと足元が揺れた。

バランスを崩して前にのめると、思いがけず橘さんの胸に抱き留められてしまった。

「す、すみません」

「また謝ってる」

くすっと笑ってから彼は視線をエレベーターのモニター画面に向けた。

「電力障害みたいだな。多分、すぐ復旧するよ」

「そう、ですか」

(ならよかった)

橘さんから離れようと身を引くと、なぜか彼はそのまま私を壁際に追い詰めた。

「え……」

「また俺のパーソナルスペースを破ったね」

「パーソナ……えっ、えっ」

橘さんは身動きできないよう壁に両手をつくと、顔を覗きこんできた。

整った顔が急に近づき、心臓がドクンと強く脈打つ。

「三国さんって目が綺麗だね」

「め……ですか」

「そう、目。リスみたい」

揶揄《からか》うようにそう言うと、彼は耳元に唇を近づけた。

軽く息がかかって背筋がゾクゾクとなる。

（まずい、まずいよ！　橘さん酔ったみたいになってる）

このままなにかされてしまうのではと思ったけれど、彼は冷静な声で言った。

「どうしたの？」

「どうもしません」

「ホントに？」

（うわ、この人わかってて言ってる）

まるでキスされちゃうのかなと勘違いするような姿勢に、顔が熱くなっていく。

その様子がおかしいのか、彼はくすくすと笑った。

「ていうか、三国さんさ……俺と一緒の時は髪、下ろしてくれるかな」

後ろで髪を束ねていたゴムをスッと解くと、髪をひとすくいしてキスをした。髪の先からキスの余韻が伝わってきて、変な気分になってくる。

「髪をまとめろって言ったの、橘さんじゃないですか」

「仕事モードはあれがいいんだ。でも、恋人の時はこれがいい」

言いながら髪をサラサラと指に通して挑戦的に微笑む。

「わ、私は秘書です。恋人じゃないですよ」

「さっきあの女性の前で公言してたよね。あれって俺と付き合ってるって意味でしょ」

「あれは……契約上、恋人っぽく振る舞ったほうがいい場面かなと思ったので」

「『契約上』君は俺の恋人にもなってくれるってことか」

(そんなわけないでしょう!?)

そう思うのに、髪を撫でられながら耳元で語られるのは嫌じゃなくて困った。

「そういう経緯で俺の恋人になる女性って初めてだから新鮮だな」

「っ、耳元で喋らないでください!」

「なんで?」

(橘さんどうしちゃったの？　明らかにセクシャルな空気を醸《かも》してますけど……っ)

思いがけず橘さんのSっけある部分を垣間見てしまい、私の中の知らないなにかが蠢いた。

もっと強く嫌だとサインを送れる状態だった。橘さんは常に私の表情を窺っていて、嫌だと本気で言えば止めてくれそうな空気は残してくれていた。

でも困ったことに、もっとこの状態を続けたいと願うもう一人の自分がいた。

(しかも橘さんはそれを理解して煽《あお》ってるっていう……タチが悪いよ)

いろいろと限界で体が小刻みに震えてきた頃、彼はようやく身を起こして少し離れてくれた。

「ありがとう。おかげでちょっと元気になった」

「はい？」

気の抜けた返事をしてしまうと、橘さんはぷっと吹き出しながら言った。

「面白い秘書をつけてくれた柴崎に感謝だな」

「面白……どういう意味ですか」

「退屈しないって意味」

(女性として意識してしまうとか、そういう意味じゃないんだ)

なにを期待してしまっていたのか私は謎にがっかりしてしまっている。

気に入られているならそれでいいのに、もっと……別のなにかを期待してしまっているのかもしれない。

(こんなだと、柴崎さんに怒られちゃうな。もっと自分を律しないと)

心をコントロールしきれない自分に喝を入れていると、橘さんは真面目な表情に戻って言った。

「せっかくここまで来てもらったし。ついでに頼みたいことがあるんだけど」

「なんですか？」

「部屋に入ったら教えるよ」

「部屋……って、橘さんの部屋ですか？」

「当たり前でしょ。だめなの？」

「だめじゃないです、けど」

（部屋に入るところまで見届ける約束だし）

「変なことじゃないから大丈夫だよ」

そう言ってくすくす笑っている間にエレベーターは動き出し、あっという間に最上階に到着した。

「早い復旧だったな」

「ですね。降りましょう」

（助かった……）

私は深く息を吐き出すと、気を引きしめなおして彼のあとについて歩いた。

部屋に到着しドアを開くと、大理石でできた広めの玄関が広がっていた。奥の小さな部屋がシューズボックスらしく、さまざまな用途の靴が並んでいる。

（ふわわ……高級マンションって靴のためにお部屋も用意されるのか）

「そこはリビングじゃない。こっち」

感心している私の手を引いて、橘さんはどんどん奥へと進んでいく。

（どんなすごいリビングなんだろう）

否応なく期待が高まっていく中、案内されたそこは予想とは違っていた。

「わ……」

二十畳はありそうなリビングは年代物の雰囲気あるアンティーク家具で統一されていて、くつろぐのには申し分のない空間だった。奥に見えるキッチンもアイランド式で広々としている。かなり素敵なものが並んでいるのはわかったのだけれど、その素晴らしさに見惚《みと》れている暇はなかった。

なにしろ広い床が書類でびっしり埋め尽くされているのだ。足の踏み場もないほどに。

「どうしたんですか、これ」

「裁判用にいろいろ調べてたら、山になっちゃってさ。悪いけど、これ整理しといてくれる?」

(頼みたいことってこれかあ)

全く色気のない依頼にホッとしつつ、なぜかがっかりしてしまう。

(迫られたらどうしよう、とか考えていた自分が恥ずかしい)

「これ、全部ですか?」

「まとめるだけでいいよ」

(まとめるだけって言っても、こんなに大量だと明日までかかっても終わらないよ)

無茶な注文を押しつけ、彼は広々としたソファに体を沈めると改めて眠ってしまった。

「橘さん! 私、帰らないと……っ」

「飲食物は冷蔵庫にだいたいあるから適当に食べていいよ」

「そうじゃなくて──」

「………」

無言になったかと思うと、心地よさげな寝息が聞こえてくる。

「寝ちゃった? ちょっと、橘さん!」

肩を揺さぶるも、彼は全く目を開ける様子がない。

(どうしよう……)

脱力してしばしその場に座りこみ、橘さんの寝顔を見つめる。

裁判所で見せていた凛々しい弁護士の顔はなく、無防備な表情だ。

「にしても、部屋がこんなになるほど、ちゃんと裁判の準備をしてたんですね」

才能があって天才的に案件をこなすのは事実だろうけれど、やっぱり人知れずこの人も努力しているんだなと思えて好感が持てた。

(こんな体勢で寝て体壊さないかな)

部屋はオートで温度調整されているらしく暖かかったけれど、それでも無防備にソファで寝たらあんまりよくないだろう。

(とはいえ私がこの人を動かせるわけもないし)

「しょうがない……」

仕方なく側にたたんで置いてあったブランケットを体にかけてやり、私は両手を腰に当てて息を吐いた。

「ふう」

(さて、書類の片付けをどうするかな)

橘さんをマンションまで送り届けたし、このまま帰ってしまうというのも手だ。

けれど、頼まれたことを一ミリもやっていないというのもどうだろうか。

「うーん……少しはやったという証拠を残しておこうかな」

そう思って手をつけたのが間違いだった。

予想通り片付けても片付けてもキリのない量を前に、私は書類整理に集中してしまったのだ。

おかげで、お腹が鳴って手を止めた時にはもう終電もない時間だった。

(やってしまった……)

「タクシーで帰ることもできるけど、こんなことでお金使いたくないな」

ただ、お腹が空いているのはどうにもならない。

私は申し訳ないと思いつつ冷凍庫を覗いた。すると、ジッパーのついたビニール袋にいくつもの料理が冷凍ストックされていた。手書きの料理名と日付を見ると、どうやら橘さんの手料理のようだ。

(へえ、マメなんだなあ)

感心しつつ、その中からミートソースパスタを選ぶ。

「遠慮なくいただきますね」

小声でそうことわりを入れると、レンジと食器をお借りした。

湯気の立つ美味しそうなパスタに喉がゴクリと鳴る。

(なんだか変な感じ)

働き始めたばかりで上司の部屋に上がり、その人の手料理っぽいパスタを口にするなんて。

とはいえあまりにお腹が空いていたから、パスタはあっという間に私の胃袋の中へと消えた。

公輝がぼんやり目を覚ますと、自宅マンションのソファの上だった。

ぼやけた視界に、きちんと整理された書類が目に入った。

(ん、あれ……俺、いつ書類整理した？)

のそりと起き上がると、足元に女性が突っ伏していて驚く。

(誰だ？)

一瞬身構えるも、すぐに昨日のことを思い出した。

(そうか、この子は秘書になった三国だ。裁判のあと、流れでここに呼んだんだったか)

「俺は……三国を部屋に入れてどうしようって思ったんだ」

書類整理を口実にしたものの、本気でそれをやってもらおうと思ったわけではなかった。なのに、一晩で書類は綺麗に片付いていて、彼女の生真面目さに苦笑した。

「あんな無茶振り、無視してくれていいのに」

ソファから降りて、芽唯の寝顔をまじまじと見る。

(いくら契約だからって、俺の恋人のフリまでして庇ってくれるとか……自分に危険が及ぶかもしれないって思わないのか)

「あんな危ない行動を取られたら、放っておけなくなるだろ」

(なんなんだ、俺の世話をしてるって言っておいて……いつの間にか気が気じゃないって気分にさせられる)

公輝は、芽唯と出会った時からなにか不思議な縁を感じていた。初めて会った感じがしないというか、懐かしいというような、そんな感じだ。

(正義感が強くてお人よし。それにマスコット好きとか……ホント、姉さんに似てる)

「別の人間なのにな」

軽く髪を撫でてやると、嬉しそうに頬を緩めた気がした。

そのふにゃりとした顔に思わず口元が緩んだ自分に、公輝は困惑の表情を浮かべた。

「……欲しいと思ったって……どうせ君もいなくなるんだろ」

呟いてからほぼ衝動のように唇を寄せる。

ふわりと綿菓子のような柔らかな唇が触れた瞬間、公輝は切なげに眉を寄せた。

「警戒心ゼロ?」

起きるどころか心地よさげに眠り続けている芽唯の顔をまじまじと見つめ、キスした場所に触れてため息をついた。

(この俺が女性に心を惑わされるなんてあるわけない。柴崎が変なことを言うから気になるだけだろ)

「とにかく、このイレギュラーな残業の疲れは取ってもらわないと」

いつものクールな表情に戻った公輝は、ぐっすり眠っている芽唯を抱き上げた。

始発で帰ろうとウトウトしていたところまでは記憶している。

でも、私が目を覚ましたのはベッドの上だった。

「おはよう」

「う、わ？」

橘さんの顔が視界いっぱいに広がったから、息が止まりそうになる。

（なんで、なんで？　私どこに寝てるの）

「三国さんってどこまでお人好し？　書類なんて放っておいて、帰ってもよかったのに」

「っ、あなたが命令したんでしょう」

一方的な物言いにさすがにカチンときて言い返すと、橘さんも挑戦的な表情になった。

「命令されたらなんでもやるの？」

「……そういう契約ですから」

「柴崎が結んだ『契約』、すごい効力だな」

「いただいているお給料分のお仕事はするっていう約束です。約束は絶対なので」

（弟のためだし。お金がしっかり貯まったら辞めるって決めてるし）

気持ちを落ち着けようと自分の目的を思い出していると、彼は小さくため息をつく。

「このまま俺のものになってってって言ったら、それも聞き届けられるの？」

「えっ、いや……それはっ」

（困る！）

慌てて起き上がろうとするも、ぐいと肩を押さえられてベッドに戻されてしまった。

「なにす……」

「男女がベッドルームでなにするかなんて聞くのも野暮じゃない？」

驚いている間にベッドの上に押し倒され、私は目を丸くする。すると、橘さんが顔の両脇に手を置いて挑戦的な表情で顔を近づけた。

ギシリと軋《きし》むスプリングの音に体が硬直する。

「人の感情って行動のあとからついてくるって説聞いたことある？」

「……いえ」

「笑顔から楽しい、泣き顔から悲しい。もしそうだとしたら、キスしたら好きになる……かもしれないよね」

「それは……どうでしょう」

必死に冷静でいようとするけれど、橘さんの鋭い視線に鼓動が速くなっていく。

「本当なのかどうか、試してみる？」

さらりと頬を撫でると、顎の先まで指を滑らせて顔を固定させた。

「な……にを」

「黙って」

言葉を遮るように指で口を封じると、そのまますするりと胸元に手が滑りこんでくる。

「ぁ……」

ヒヤリとした感触に体がビクリと跳ねた。

その反応に彼は意地悪く微笑む。

「感度いいね。なんだ……ずっとこれ期待してた？」

「し、してないです」

（いけない。このままだと雰囲気に流されてしまう）

「嘘だな。エレベーターの時もだけど、顔が欲しいって言ってるよ」

「そんなことないですっ」

（嫌だって思ってるのに。本当に少しだけ心地いいって思ってる自分が信じられない）

「強がりが弱いな。ほんと……三國さんって結構なM気質だよね」

くすくす笑いながら、彼の指はブラウスのボタンを器用に外していく。

同時に首筋に痛いくらいのキスが落とされ、心とは裏腹に声がもれそうになった。

「や……」

（気持ちが通じ合っていない人とこんなふうになるなんて、嫌だ……）

「やめる？」

「わ、わからないです」

首を振って涙目になる私を見て、彼はむしろ嬉しそうな表情を見せる。

「やめてほしくなさそうだからこのまま続けるよ」

「ふ……っ」

深く唇が塞がれ、呼吸が止まりそうなほどに激しく何度も重ねられる。

（頭がクラクラする。呼吸ができない）

体全体の力が抜け、意識も朦朧としてくる。抵抗しなくちゃと思うのに、なぜか体が動いてくれない。

橘さんは私が従順になったのを感じたのか、キスを続けながら肩を撫でるようにしてブラウスを脱がせた。肌が露出した瞬間、頭の中に冷静さがよぎる。

「もう、やめて……っ」

「やめるってなにを？　君が心地よさそうだから続けてるのに」

「そんなこと、ないっ。心地よくなんか……っ」

「そう。じゃあやめようかな」

（あ……れ？）

止まったキスに焦《じ》れったさを感じ、自分でもどうしてと混乱してしまう。

（本当に私、こんな強引な行為になにか感じてしまってるの？　そんなわけない）

首を左右に振り、もう一度だけやめてくださいとお願いした。

すると、橘さんは唇を移動させて耳元に囁き声を吐きかけた。

「そういう反応って、〝もっと〟って捉えられちゃうのわかってる？」

「わかりません。もう本当に……やめ……」

「本気ならもっとちゃんと抵抗して」

耳元で囁かれるとゾクゾクっとして全身がたまらなく熱くなってくる。

こんな感覚初めてで、自分でもどうしていいのかわからない。

「俺の命令は絶対っていう契約、飲んだんじゃないの？　嘘だった？」

「嘘じゃないです。あなたの命令は絶対ですよ」

言った途端、彼は私の手首をシーツに押さえこみ、四つん這いで見下ろした。その妖艶《ようえん》な笑みには私の弱点を深くまで握った人間の余裕が見える。

「従順なようでいて時々反抗的な目をするの、いいね」

「なに、を……ぁっ」

「耳が弱点なのはもうわかってたけど、もしかして俺の声も好みなのかな」

「ちが……」

(違わない。ずっとこの声は私の芯の部分を捉えられていて……誤魔化してたのに)

絶え間ない誘惑が私の欲望を察知したように煽《あお》ってくる。

「いじめられて喜ぶなんて、三国さんっていやらしいね」

「――っ」

(こんなの望んでなかったはず。なんで……どうしてこんなことに……？)

「こんなの、だめです！」

再び顔が寄せられた瞬間、私は咄嗟に目の前の胸を強く押し返した。

けれど、橘さんの体はびくともしない。鍛えているのか、シャツの上からも胸板が引き締まっているのがわかってドキッとなる。

(男性の体だ……)

「それで抵抗してるつもり？」

挑戦的な声でそう言いながら、彼は嬉しげに笑っている。

（違う、違う。求めてるわけじゃない……っ）

流されそうになる誘惑を振り切り、私は橘さんを睨み上げた。

「こ、こんなのセクハラです！　法律だってあなたを守れませんよ」

「法律？」

私が口にした言葉に、橘さんは呆れたように目を丸くした。

「女性を乱暴に組み敷いて強引に迫る、今みたいな俺を守る法律……あると思う？」

自嘲気味にそう呟くと、彼は私の心を確かめるように見つめてきた。

（急に、そんな不安そうな顔しないでくださいよ……自分の気持ちがわからなくなる）

「橘さん、おっしゃってることが滅茶苦茶ですよ」

「……確かに。俺、どうかしてる」

橘さんはふうと息を吐いて、私を完全に解放してベッドから降りた。

「抵抗してくれてよかった。『契約』だけで結ばれても意味がない」

「え？」

「なんでもない。シャワーを浴びてくる」

髪をくしゃっと掻き上げて、襟元を大胆に広げる。

のぞいた鎖骨に迂闊にもドキッとしてしまい、私は慌てて視線を逸らした。

「は、はい。どうぞ」

「三国さんも一緒だよ」

「は?」

視線を戻すと、彼はおどけたような表情を浮かべていた。

(なんだ、冗談……もう、また迫られるのかと思った)

ホッとしたような、ちょっと残念なような。

(残念ってなに? 襲われそうになったのに。私、どうかしちゃった?)

自分の本音が見えなくなりそうで怖くなり、私は慌ててベッドを降りて服を整えた。

「私、帰ります。今日は少し遅めの出勤でもよろしいでしょうか」

「構わないよ」

「ありがとうございます」

ここは素直にお礼を言い、私はひとまず自宅アパートに戻ることにした。

(始発が走り始めた時間だけど、駅まで遠いみたいだし)

事務所に請求していいということだったから、甘えてタクシーを呼んだ。

シャワーの音が遠くに聞こえ、さっきベッドに押さえこまれた感覚が蘇る。

(なんで私、こんなことになっちゃってるんだろう。いくら純也のためとはいっても、体まで捧げるのはおかしいって自分でもわかるし)

さっき途中まで流されてしまったのが自分でもショックなのだ。

また同じような場面になったら完全に断り切れるか自信がない。

（これってどういうことなのか、自分のことなのに説明がつかない）

「事務所に行けば、またいつも通りですよね」

ドア越しにそう声をかけ、私はぺこりと頭を下げて橘さんのマンションを出た。

第四章

それから数日間、私はいつも通り秘書としての仕事をこなしていた。

「三国さん、書類できたからあとで全部確認してから速達で送ってくれる？」

「わかりました」

「あと、午後のクライアントはすぐアネモネでの面談に入るからお茶出しはいらない」

「はい」

私もそれなりに忙しく働きながら、この前あったことは嘘だったんじゃないかと思い始めていた。

それくらい橘さんの態度には変化がなくて、以前と同じクールな態度で私に接している。

それが助かると思う反面、どこかあの時みたいな橘さんを見たいと思う自分もいて困る。

(部屋はあれから散らかってないかな。呼んでくれたら片付けくらいはするけど……)

「いやいや！　なんで？　どこまでお人よし？」

自分の心の声に自分で突っこむ。

あわや体を奪われそうになったという事実があるのに、また彼のマンションに行こうと思えるのがおかしい。

(でも……あの時、橘さんは私を試したような気がするんだよね)

私のことを無視して襲うこともできただろうけど、ちゃんと抵抗して意思を示すのを待っていたような気がする。そうでなければ最初から迫ったりもしないだろうし、私の貧弱な抵抗で諦めたりもしないだろう。

どっちにしろ手を出したりしたら自分が不利になることくらいわかるはずだ。

そんな計算が働かないほどバカな人じゃないのは見ていてよくわかる。

（なら、どうして？　なんの意味があってあの日私を部屋に入れたり、触れてきたりしたの……？）

そんな疑問を抱えて過ごしていたある日、一ヶ月後の社交パーティーに橘さんのパートナーとして参加するようにと告げられた。

「弁護士さん同士のパーティーですか？」

「仕事とは関係ない」

言い切ってから、私の目をじっと見つめる。

「一応父親の誕生日パーティーなんだけどね」

「お父様の？」

（どうして私が……）

「名目は誕生日パーティーだけど、実質は俺のパートナー探しなんだ」

どうやら橘さんのお父様が懇意にしている名家の人たちを呼び、その娘さんである年頃のお嬢さんたちを集めて橘さんにその気になってもらいたいということらしい。

（柴崎さんが言った通り、結構強引に結婚を迫られてるんだな）

「でも、私が一緒に行く意味ありますか？　秘書という仕事とはかけ離れてますし」

（結婚相手を選ぶ場所に行くなんて、私が橘さんとなにかしら関係があるんじゃないかって思われそうだし）

「私がパートナーとして行くなんて不自然です」

そうだなと諦めてくれるかと思ったのに、彼はそうは言わなかった。

「これは秘書としてではなく、新しい仕事として依頼したい」

「新しい仕事？」

「親父が諦めるよう、パーティー当日まで俺の婚約者を演じるっていう仕事」

「はい？」

「で、それまでの一ヶ月間は俺のマンションからここに通ってほしいんだけど」

「通って、って……それ……同棲しろってことですか？」

「そう。こんな付き合いの浅い状態で婚約者って言っても違和感しかないと思うしね。もっと俺と近くなってもらう」

あり得ない申し出に目が点になる。

「私はただの秘書ですよ。それに柴崎さんだって反対しますよ」

「柴崎には俺が説得しておくから心配ない」

（そっちはそれでいいのかもしれないけど、私にとっては大問題だよ。まだ彼氏もいないのに、恋人でもない人と同棲なんかして……ちゃんとしたご縁が遠のいたらどうするのよ！）

絶対にお断りだと思ったものの、次の彼の言葉につい心が揺れた。

「ただでとは言わない。来月からの給料は先日契約したものの倍額払うよ」

「ば、倍ですか⁉」

（それだと借金を半分にしてあげるという当初の目的をもっと早く実現できる）

お金を貯めるのに最低三年はかかると思っていたから、相当に魅力的な提案だった。

それが叶えば、純也は数年内に自作のゲームを発表することができるだろう。

（早く純也の生活を安定させて、私も安心したい）

「……わかりました。ただ私にも一応線引きしたいところがあります」

「言ってみて」

「先日みたいなのは……困ります」

（迫られたら流されてしまいそうだし、橘さんにとっては遊びみたいなものなんだろうけど……私には刺激が強すぎる）

戸惑いが伝わったかどうかわからないけれど、橘さんは首を撫でながら頷いた。

「嫌がってる相手には触れないよ」

（嫌がってなかったら触れる、って言ってる？）

試されているような、弱点を掴まれたような居心地の悪さを感じてしまう。

でも今この条件は自分にとって悪くないと思えている。

（純也のため……お金が貯まるまでだ……大丈夫！）

「どこまでお役に立てるかわかりませんが……頑張ってみます」

「うん、よろしく」

面倒な仕事が一つ片付いたとばかりに、橘さんは椅子に深く腰を下ろして目を閉じた。

この体勢はコーヒーが欲しい時の仕草だ。

私はすぐに給湯室でコーヒーを淹れると、彼の前に差し出した。

「トラジャのネルドリップです」

「うん、ありがとう」

一口すすって、ふうと満足げに息をもらす。

「五島に習ったんだって？　すごくいい味だよ」

「ありがとうございます」

「これ飲んだら、ドレスと指輪を買いに行こうか」

「は？」

コーヒーの流れからは想像のつかない話題に、驚く。

パーティーのことがあるから、ドレスをというのはまだわかるけれど。

「指輪は必要ですか？」

「俺が君を大切にしているっていうのをしっかり見せないと。相手は本気で嘘を見抜いてくるだろうから、それなりに君も本気で取り組んでね」

「は、はあ」

（スーツを買ってもらった時もだけど、橘さんって結構見た目にこだわるよね）

自分の側にいる人間には気品溢れる素敵な女性を求めているってことなんだろうけど。

（本当に大事にしてもらってる感じがして、勘違いしそうになっちゃうから困る）

「三国さん。ああ、そういえば」

そう言ってから、彼は私を近くに呼び寄せて耳を貸せという。

（大きな声で言えない感じなのかな）

座っている橘さんの顔の高さに姿勢を低くすると、不意に口が寄せられた。

「婚約者なんだから名前で呼ばないとね……芽唯」

「っ！」

囁くように口にされた自分の名前は、心臓が飛び出そうなほどの衝撃で。そのまま鼓動が速くなって、変な汗が額に滲んできてしまう。

「会社以外で会う時は、こっちで呼ぶから」

「……耳を寄せる意味ありましたか？」

「赤くなる君が見たかった」

（ひどっ）

パッと離れて睨むと、彼は笑いながら椅子から立ち上がった。

「ははっ、そういう反応が面白いんだよ」

「遊ばないでください！」

（私のほうはそれなりにドキドキしちゃってるんですから）

橘さんはまだくすくす笑いながら、私のほうへ歩いてくる。

「芽唯も俺を名前で呼ぶんだよ」

「私も、ですか？」

「そうじゃないと不自然でしょ」

「ええ……」

（ここは所長室だし。こういうの、必要以上に抵抗がある）

「いいから。ほら」

得意の煽《あお》りで私を追い詰める。

（うう、これは呼ぶまで諦めない雰囲気だ。仕方ない……）

「ま……公輝、さん？」

まんまと彼の煽《あお》りに負け、私は小声で彼の下の名前を口にした。

柴崎さんが彼を名前で呼んでいるのは何度も聞いているけれど、自分が改めて口にすると相当に心理的な距離が近くなった感じがしてドキドキする。

「うん。今から行くお店でもその調子で」

「え、ええ。はい」

（今日に限って、午後の予定がぽっかり空いてるんだよね）

「行くよ」

いつもの強引なテンポで、彼は私を連れてスーツを買ったのとはまた別のブランドショップへと向かった。

その店内に並んでいるドレスは、到底身につけることができないとすぐに想像できるほどに煌《きら》びやかな色彩とデザインのものばかりだった。

(友達の結婚式の時だって、もっと地味なのを着てた気がする)

触れるのも申し訳ない感じがして、私はただマネキンが着ているドレスをぽかんと見ていた。

公輝さんは店員さんに軽く挨拶すると私の隣に立って一緒に同じマネキンを見上げた。

「このドレスがいい？　試着する？」

「あ、いえ……正直、どういうのがいいとか、わからないです」

そう言った私の顔を、公輝さんはやや呆れ顔で見る。

「自分のことでしょ。どういう色が好きとか、どういうデザインが惹かれるとかないの？」

「うーん」

(言われてみて思ったけど、私って自分の好みがよくわかってないのかも)

ドレスの前で首を傾げる私を見て、公輝さんはため息をついて店内からいくつか個性の違うドレスを持ってきた。

「そんなにどうするんですか」

「選ぶんだよ。フィッティングルームを借りたから、ゆっくり試すといいよ」

そのお店のフィッティングルームは本当に一部屋ゆっくり借りられる感じで、お茶や一口で食べられるお菓子なんかも用意されていた。

「ＶＩＰルームって感じですね」

「そうだよ。俺の私服は大体ここのブランドで頼んでるから」

「常連さんなんですね」

（商品に値札がついていないところを見ると、ここってすごく高いブランドだと思うんだけど……そんなお店の常連だなんて。公輝さんってやっぱりお金持ちなんだな）

改めて自分との身分の違いのようなものを感じる。

それでも今は依頼された彼の婚約者らしくなるためにも、努力はしなくちゃいけないだろう。

「一着ずつ着てみますね」

「全部着なくても、これだなと思ったら即決していいから」

「はい」

（公輝さんはいつだって即決っぽいけど）

ずらりと並んだドレスを見比べ、自分がどれに好感が持てるのか吟味する。

真っ先に目に入ったのは抑えめのフリルに背中にリボンのあるドレス。デコルテが綺麗に見えるようスクエアネックになっていて、ツヤ感も上品で素敵だ。

（すごく可愛い。でもピンクかぁ……好きだけど身につけるには勇気がいる色だよね）

まるで物語の主人公のようなその色合いは、どうしても自分には合わない気がしてしまって気が引ける。

（この色は小物で身につける程度かな。着るのは抵抗ありすぎ……）

「――じゃあこれを」

ネイビーのシンプルなデザインのものを選んで試着室に入ろうとしたら、いきなり止められた。

「本当にそれが好き？」

「え？」

「妥協に妥協を重ねて選んだって顔してるけど」

公輝さんは、私がどれくらい自分に正直になるのか見ていたという。

そう言われても、やっぱり自分が似合うと感じるものは少し地味で目立たないものっていう暗黙のルールが自分の中にあるのだ。

「妥協なんかしてません。私はこれが自分に似合うって思ってるんです」

「芽唯って自分に嘘をつくことに慣れてるよね」

唐突に意表を突いてきたかと思うと、彼は私を後ろから抱きしめて首筋に軽く歯を立てた。

「っ！」

驚いて硬直すると、そのまま同じ場所に優しいキスを落とされる。

痛みとキスの甘い刺激に、腰から背筋にかけて熱いものが上ってくるような感覚になった。

「なにを……」

「これ、気持ちいいでしょ」

「いいわけないです！」

「本当に？」

ふっと息を吹きかけられ、悲鳴をあげそうになり慌てて口を押さえる。

(なにするんですか！　この前、マンションで危うかった時よりもっと酷い)

「セクハラですよ、こんなの」

小声でなんとかそう言うと、公輝さんはまるっきり意に介していない様子で瞬きする。

「今は上司と部下じゃない。恋人……いや、婚約者なんだし。普通でしょ」

「それは建前でしょう？」

「本気の演技をしてもらうためにここまで徹底してるの、まだわかんない？」

(そんなものかな？　結婚直前の空気を出してないと、公輝さんのお父様は騙せないってこと？)

そうは思うものの、こんなふうに距離を縮められるとボーダーラインがわからなくなってしまう。

困惑する私に対し、公輝さんは試すように耳元でもう一度尋ねた。

「俺にこうされるの、本当に嫌？」

「っ、嫌です」

目をつむって首を左右に振ると、やっと彼は私を解放してくれた。

そして私が試着しようとしていたドレスを受け取ってハンガーに掛け直した。

「わかった。パーティーで身につけるものは俺が用意するよ」

「公輝さんが？」

「ただ、サイズがわからないから指輪を買うのだけは今度付き合って」

「……わかりました」

こうしてドレスを選ぶことは断念し、私たちはやや気まずいムードでお店を出た。

その空気を払うように、公輝さんは気分直しに食事をして帰ろうと提案した。

「いいですよ」

「五島に腕を振るってもらおう。それだと車も置いて帰れるし」

「いいですね！」

（アネモネのお料理は本当に美味しいから、またいただけるの楽しみだな）

私も乗り気になり、私はアネモネで本格イタリアンのコース料理をいただいた。

「ふう、美味しかった」

五島さんの手料理をたっぷりご馳走になったあと、私たちは座る場所をカウンターに変えてそれぞれにカクテルをいただいた。

私の食べっぷりに感心していた公輝さんは、まだなにか食べるかと聞いてくる。

「いえ、もうさすがにお腹いっぱいです」

「そう」

少しがっかりした様子で、公輝さんは自分が頼んだジントニックを口に運んだ。お酒には強いのか、三杯目だというのに全く酔っている気配がない。

（私は一杯しか飲んでないのに、もう視界がぼんやりしてる……疲れてたからかな）

それでも意識をしっかり保とうとチェイサーであるコップの水を飲んでから、二杯目のマリブミルクをいただく。ココナッツ風味のマリブリキュールがベースの甘くて美味しいカクテルだ。

「カクテルを飲むの久しぶりです。すごく美味しい」

「口に合ったならよかった」

目を細めると、彼はおかわりでマティーニを頼む。

「ピッチ早いですね」

「たまにはいいでしょ」

お酒を飲んだからといって饒舌になるわけでもなく、淡々とした彼の横顔はやっぱり凛として整っている。

(素敵な人……だよね。柴崎さんが心配するのもわかるな)

黙っていれば本当に格好よくて立派な人なのに、私の前では意地悪や面倒なことばかり。

(なんでだろ？　いろいろこじらせてるのかな)

「今俺の悪口でも考えてる？」

「わあ、なにも……なにも考えてないです」

突然こちらを向かれて、慌てて前を見る。

「また嘘ついてる」

呆れた調子でため息をつくと、彼はまあいいやと言って同居について語り出した。

「明日くらいから俺の部屋から通うようにしてほしいんだけど」

「急ぐんですか？」

「まあね。父には芽唯の存在はもう伝えてある。だから早めによそよそしさは解消しておかないと」

（真剣な声……ここはふざけた回答はできないな）

「わかりました。ただ、お部屋を別に一つ使わせてください」

（これは譲れない。プライベートな空間だけは死守しておきたい）

今までの流れからいって、彼から本気の誘いがあればどうなるのか自分でもわからない。

「いいよ。客室は二つあるから」

「ありがとうございます」

「……ベッドは一つしかないけどね」

「え？」

「いや、なにも」

呟いた言葉は耳に届いていたけれど、アルコールで少しぼんやりしていた私はそのまま聞き流してしまっていた。

（今なにかとてつもなく悪魔じみた笑顔を見た気がするんだけど……まあいいか）

気を取り直した私はカクテルのおかわりをし、大満足してお店を出た。

ゴールデンウィークも過ぎて、新緑が眩しい季節。夜とはいえ、爽やかな風が感じられた。

（ああ、幸せ）

「あんなにたっぷり美味しい食事をご馳走してくれて、ありがとうございます」

ゆっくりお腹をさすりながらお礼を言うと、橘さんも満足げに頷いた。

「五島はイタリアで修行してきた経験もあるからね。三つ星レストランの元店長だし」

「そ、そうなんですか？」

(そんなすごい腕前の方だったんだ)

「働いてたレストランの料理があんまり美味しいから、俺のお抱えのコックになってもらうよう口説いたら快諾してもらえたってわけ」

「へえ……」

それを聞いてふと初めてマンションにお邪魔した時のことを思い出した。

「もしかして冷凍庫に入っていたおかずやパスタも……」

「そう。五島が作ったものを時々送ってもらってるんだ」

「そうだったんですね」

(忙しい公輝さんがせっせと料理してる姿が思い浮かばなかった理由はこれかあ)

柴崎さんといい、五島さんといい、公輝さんがどんなに気まぐれでマイペースでも、彼の才能を信じて応援してくれている人がいるんだと改めて思った。

「柴崎さんも五島さんも……事務所の皆さんが公輝さんを慕ってますよね」

(みんな、彼のためなら協力を惜しまないって感じ)

「………」

公輝さんは少し黙ったあと、ふと足を止めて私を見た。

「芽唯は？」

「えっ」

「芽唯はどう思ってるの」

瞳は少し揺れていて、いつもの鋭さが消えている。気のせいか、どこか助けを求めるようなその視線に胸がきゅっとなる。

「どう……って、素晴らしい弁護士さんだと思ってます」

「それだけ？」

「はい」

彼がこんな答えで満足しないのは表情を見ていればわかる。

酔っていても――いや、酔っているからこそ急に流れ出した甘い空気に戸惑った。

『芽唯は、自分に嘘をつくことに慣れてるよね』

フィッティングルームで告げられた公輝さんの言葉が心に引っかかっていて。

今もその問いを重ねられているように感じた。

（でも、この気持ちを口にしちゃったら……契約もなにもかも終わってしまう気がする）

自分でも薄々気がついている。初めて迫られた時に嫌じゃなかったこと、その後もなにか起こるんじゃないかと期待してしまっていること。

こうして二人きりでいるのがちょっと嬉しくて、ドキドキしていること。

(好き、とか思ったらいけないのに。どう誤魔化したらいいかわからない)

答えないことで察してもらおうというのはずるいのかもしれない。

でも、今の私にはこれ以上のことができないから、仕方なく口をつぐんで視線を逸らした。すると、公輝さんは私の両肩を抱いて自分のほうを向かせた。

「そうしてると、芽唯が俺を求めてるように見えてしょうがないんだけど」

「そんなこと、ないです」

「……嘘だな」

(あ……)

必死に理性を働かせてるのに、公輝さんが私の体をそっと抱き寄せたりするから一気に感情が優勢になる。

上品で清潔なスーツの香りと彼の体温が私を包み、言葉にできないほどロマンチックな気分が胸に押し寄せた。

「これでもまだ求めてないって言う?」

「……そういう尋ね方、ずるいです」

「ずるい言い方でもしないと、芽唯ははぐらかすでしょ」

大人しく抱きしめられている私の顔を覗きこみ、心の内を探ろうとする。

(どこまで本気でこんなふうに私を誘惑してくるんだろう。もう私が公輝さんに心惹かれてるってわかっていて言わせようとしてるのかな)

胸がドキドキして、もうノーという道なんかとっくにないと自分でもわかっている。

なのに求めてる、なんて言葉は恥ずかしくてとても口にできない。

「俺の腕から逃げないのが答えだって思っていい？」

「それは……」

私は微かにみじろぎをしたけれど、それでも強引に離れたりはしなかった。

それを知ると、彼はそれ以上の確認はせず奪うようにして顎をすくい上げた。

「ん……っ」

今までにない激しいキスに目の前がチカッとなる。

開いた唇の隙間に温かいものを感じた途端、あっという間に舌を絡め取られてしまった。

「ふ……ぁ……」

「いい声。もっと鳴かせたくなる」

唇が触れたまま公輝さんはくすっと笑う。

お酒のせいか唇が燃えるように熱くて、重ねられる度に吐息がもれた。

(だめ、もう立っていられない……)

「おっと」

崩れそうになる私の腰を支えると、彼は私の体をぎゅっと抱きしめ直した。

「場所を変えよう」

「場所……変えるって……どこへ」

「誰の目も気にしなくていいとこ」

（誰の目も……？）

　どこだろうと思っている間に、公輝さんは手を挙げてタクシーを停めた。

「乗って」

　誘導されるまま乗りこみ、身を落ち着けると同時に猛烈な眠気が襲ってきてしまった。

次に意識が戻った時、視界に入ったのは淡く煌《きら》めく照明だった。

（あれ……ここは？）

「やっと起きてくれた。俺の前で寝顔見せるの何度目？」

声のするほうを向くと、困り顔の公輝さんが私を見下ろしている。

「ええと……」

（この展開、前もあったな……でもここ、公輝さんのマンションじゃない）

広々とした部屋の豪華なベッドに寝ているのだとわかり、ここがホテルだと気づく。

「っ」

意識が戻ってきて起き上がると、公輝さんがベッドに腰を下ろして私の頬を撫でた。

「よかった。朝まで起きないかと思った」

「私……酔って寝てしまったんですか」

「そ。火をつけておいてお預け、酷いね」

「お酒に弱いんです。すみません……ご迷惑かけて」

神妙に謝ると、公輝さんはぷっと吹き出した。

「どうして笑うんですか」

「いや。なんで謝るのかなと思って」

(〝酷いね〟って言ったの公輝さんなのに)

私がなんでも真に受けて真剣になるのが見ていて面白いらしい。

「公輝さんも酔ってます?」

「少し残ってるけど、自分がなにしようとしてるかわからないほど酩酊はしてないよ」

言いながら私の首筋を吸うように唇を這わせた。

(酔ってる、気がする)

「……あっ」

そのまま首筋に沿ってキスが降りてきて、深く呼吸しながら抱きすくめられた。鍛えられた腕の力強さを感じて、言葉にならないドキドキと安心感が同時に包みこんでくる。

(こんなに心地いいなんて……肌が合うってこういう感じなのかな)

一ミリも隙間のない状態で抱きしめられても、違和感は全くなくて。むしろお互いを隔てている服の境界線が焦《じ》れったいくらいだった。

(私……公輝さんと)

「本当に、する……んですか」

求める心とは裏腹にそんなことを言うと、公輝さんは動きを止めて私を見上げる。

「どうするかは芽唯次第だよ。俺は別に力で抑えつけてるわけじゃないから」

冷静な声に、それほど彼は気持ちが昂っているわけじゃないのかなと思う。

(私次第とか……余計にどうしていいかわからなくなる)

強引にされれば流されることができる。でも、私の積極的な気持ちがなければいつでも止めるというような態度を取られると、逆に困ってしまう。

私の中途半端な状態に呆れたのか公輝さんは一旦起き上がって私の指先だけさすった。

「嫌がるならしないって約束したからね。どうしてほしいかは芽唯の自由だよ」

「……っ」

さらりと指先から手の甲をさすられ、それだけで背骨にかけて痺れが走る。

(これってわざと?)

そう思うくらい、少ししか触れてくれない妙な焦《じ》れったさが湧き上がってくる。

「辛そうだけど、どうしたの」

「だ……って」

「してほしいことがあるなら言わないと」

「やぁっ」

耳元で囁かれる低い声に、嫌でも体が反応してしまう。

(耳は反則!)

このシチュエーションでここまで迫られて、拒絶できる人がいるとは思えない。

「公輝さん」

たまらず彼の名を呼ぶと、その先の言葉を待つかのように彼はじっと私の瞳を窺った。

「俺はここにいるよ。どうしてほしい？」

「その……触れてください」

「いいよ」

大きな手のひらで頬を持ち上げ、上唇を吸うようにキスをする。部屋に響くリップ音に体の奥がじわりと熱くなった。

「ここでよかった？」

「ん……キス、嬉しいです」

「なら続けよう」

さっきより深く唇が重ねられ、思わず甘い吐息がもれる。

「ん……」

角度を変えてキスを受け入れると、舌先が忍びこんだ。うねりながら絡み合う熱は、互いを離すまいと意思を持っているように激しくなる。

（焦《じ》らされたせいか……もう理性が効かない）

知らなかった自分が頭をもたげ、私は軽く恐れすら抱いた。それくらい、公輝さんを求めたいという気持ちは止まらない衝動に火をつけていた。

(好き……理性で行動を抑えられないほどに、私はこの人が好きだ)

そんな本音にうっすら気づきながら、私はひたすら公輝さんの熱を感じたくて深いキスを受け入れ続けた。

「公輝さ……私……」

たまらず肩に手をかけると、キスを止めた公輝さんが口の端を上げた。

「キスじゃ足りないかな、お姫様」

「っ、意地悪ですね」

「そういう性格なの知ってるでしょ」

とんっと肩を軽く押されると、私の体は呆気なくベッドに沈んだ。

ひんやりとしたシーツの上へ仰向けになると、さっきとは違った余裕のない動作で背中から掻き抱かれる。

「芽唯……俺のなにが欲しいの」

「それは……」

(全部ですって言ったら困らせちゃうよね)

こうしてお互いを求め合っても、それが長く続く未来までの約束を求めるのとは違うってことくらい私も知っている。

強がりにはなってしまうけれど、きっとここは大人を演じたほうがいい。

「今は……ただ公輝さんの熱を感じたい、だけです」

「……欲がないね」

苦笑しながら、公輝さんは私のブラウスに指をかける。少し乱暴に脱がされて肌が露わになると、急に恥ずかしさが込み上げた。

「あの、シャワーを」

身を縮めようとする私の手首を捉え、起き上がるのを許さないようにシーツに押しつける。その強さに驚いて目を見開くと、公輝さんは常夜灯の光の中で妖艶《ようえん》に微笑んだ。

「終わってからでいいでしょ」

「でも」

「悪いけど、止めるのは無理」

そう言い切ると、彼は自分が着ていたものを脱ぎ捨てて私の肌を優しくさすった。下着の上から軽く触れる指の感触が腰を跳ねさせる。

「絹みたいな肌……誰にも触れさせたくないな」

「あ……」

長くしなやかな指が肩から下りてきて、器用にブラのホックが外された。胸が空気に触れると、それだけでジワッと下腹部が熱くなるのを感じる。

「芽唯って、どこもかしこも感度よさそう」

言いながら、脇腹や腰を通ってゆっくり脚まで撫でられる。その繊細で優しい触れ方に、私はつい反応して足先をモジモジさせた。

（公輝さんの煽《あお》り方って意地悪なのにたまらなくセクシーで困るよ）

「ここ、触れてほしそうだね」

つんと立った胸の先を避けるようになぞりながら、公輝さんは囁く。

「綺麗な色をしてる」

さすっていた手を止めて先端をチュッと吸う。途端、下腹部に直接響くような強烈な刺激が体に走った。

「んっ」

たまらず声がもれてしまう。すると彼はそのまま潤った秘部に指を伸ばし、ショーツの脇から探るように狭い入り口を分け入ってきた。

クチュンと恥ずかしい水音が耳に届き、より一層私の体を熱くする。

「熱いね……もう中、トロトロだよ」

「や、恥ずかしいっ」

一度内部への侵入を許すと、彼はどんどん刺激の度合いを強くしていった。自分の中がどうなっているのかはわからないけど、公輝さんの指が私の感じる場所を押さえていくのはわかる。

「ふっ……あ……ん」

「ここが芽唯の欲しい場所か」

「あっ、そこ……すぐイっちゃいそう」

「大丈夫、一回イったくらいじゃ終わらせないし」

「な、なに言って……あぁっ」

公輝さんの指の動きが複雑になり、快感の波が、次第に大きくなって私のほうへ近づいてくる。

（やっ……本当にイっちゃう……！）

咄嗟にぎゅっと彼の腕に掴まると、動きが一瞬止まった。

「……もう限界？」

「んっ……はい」

（どうして止めちゃうの）

「そんなねだる顔、初めてだね」

意地悪な言葉を口にする公輝さんは、ゾクっとするほど妖艶《ようえん》だ。

「ここから先、どうしてほしいか言って」

（そんな恥ずかしいこと言えない）

私はフルフルと首を横に振ったけれど、彼は黙っているのを許さない。

「言わないとなにもしてあげられないな」

「意地……悪……」

「俺の意地悪は芽唯にしか見せないからね。これからも覚悟して」

「どうして……」

「どうして、って。芽唯が欲しいからに決まってる」

当たり前のこと、といったように彼は私の髪を撫でると、耳にキスしながら囁いた。

「食べてしまいたいくらい芽唯を求めてる」

「っ、それ……って」

(もうほぼ告白じゃないですか)

その先の会話を遮るように、公輝さんは指の動きをまた激しくした。

「芽唯が求めてるのは、これでしょ」

「あっ……ん！　急に……っ」

一度緩んだ中が、きゅうと締まっていくのが自分でもわかる。奥と手前の小さな突起を同時に刺激され、もう理性ではなにも判断できないほどになっていく。

「あっ、あっ、も……だめ、イかせて……ください」

「素直な芽唯ってホント可愛い……イっていいよ」

その低音ボイスに一気に腰から快感が這い上がる。

「や、あぁ……イ……く……っ」

腰がふわりと浮く感じがし、私は彼の首に強くしがみつきながら達してしまった。

「は……ぁ……」

抱きついている私を見下ろし、公輝さんは頬に何度もキスしてくれる。

その愛おしげなキスがふれる度、私は余韻ある甘い痺れに酔いしれていた。

(なんだろう……心が……体が……ものすごく満たされてる)

あんな意地悪な言葉で翻弄させられたというのに、私は心の奥底まで幸せを感じていた。

「芽唯、まだ足りないよね」

「っ、いえ。そんなことは……」

「一回じゃ終わらないって言ってあったはずだよ」

「えっ」

彼は私の足からショーツをするっと脱がせると、閉じていた両脚を押し広げた。

「や、待って」

逃れようと身をよじる暇もなく達したばかりの秘部に指を差し入れられる。

「あっ」

私の中がまだ反応するのを確かめると、彼は身を起こして私を抱きかかえた。

「ちゃんと繋がらないと、意味ないでしょ」

普段は掴み所のないクールな公輝さんの瞳に炎が宿ったように見え、この視線に狙われたら絶対に逃れられないと感じた。

「さっき言ったよね。なにが欲しいんだっけ？」

念押しのように迫られ、私は小さく自分の欲を口にした。

「公輝さん……が、欲しい……です」

「俺の、なに」

焦《じ》らすように奥へ指が差し入れられ、同時に胸元にキスが落ちる。

「…ぁ…っ」

二度目の快感が体内に生まれ、あまりの心地よさに背中がのけぞった。

公輝さんは空いているほうの手で腰を捉え、固定したまま指での刺激を続けた。自分では制御できないほどに蜜が溢れ出し、怖いほどに女になっていくのがわかる。

（知らない自分だ……こんな……でも止まらない）

「や……ぁ……」

「こんなに濡れておいて、嫌とか……どこまで嘘つきなの」

ぴたりと指の動きを止めて小さく喉を鳴らす公輝さんは、信じられないほど意地悪だ。私は真っ赤になりながら首を振って次の刺激を求めた。

「も、っと……全部……公輝さんの熱で私をメチャクチャにして。意地悪しないで」

「やっと素直になったね」

くすりと笑うと、彼は一旦私をベッドに寝かせると、着ていたものを脱ぎ捨てて避妊具を装着した。

「芽唯の欲しいもの、あげる」

ギシリと軋《きし》むベッドのスプリング音がやけに遠くに聞こえる。

公輝さんは私の脚を恥ずかしいほどに広げると、そのまま自らの体重をかけて深部へ押し入ってきた。

「ふっ……あぁっ」

指の刺激とは比べものにならないほどの快感に思わず大きな声をあげてしまう。

「まだ全部じゃないから、ここからだよ」

そのまま公輝さんは連続して私の中をリズミカルにノックしていった。揺らされる度に、二度目の波が騒ぎ出す。

(体の奥がもっと欲しいって言ってる……)

「公輝さん……もっと」

「エッチだな、芽唯」

ゾクゾクと痺れるような甘い感覚が残った理性を崩壊させていく。自分の淫《みだ》らな部分がどんどん開発されていくようだ。

「嬉しい?」

たぎった彼の熱は私の中でさらに大きくなる、ぴたりと重なった感覚にゾクゾクする。

「う、ん……嬉しい……」

「……参ったな……抑えが効かない」

公輝さんは気持ちを落ち着けるように深い呼吸を吐き、私の中へ遠慮なく押し入った。

パンッと腰を打ちつける音が響き、それは同時に私の脳内に今までで一番の刺激となって響いた。

「はぅんっ!」

「すごいな、芽唯……俺のを全部飲みこんでる」

「あっ、やっ……」

続けて何度も腰が打ちつけられ、ほとんど受け入れたことのない衝撃に驚きで声がもれる。

そして連続して送りこまれた刺激は、ある一点を超えた時……私の理性をプツンと切った。

(頭が真っ白になる……)

「変になっちゃいます」

「なればいい」

「んっ、だ……めっ」

(これ以上は)

押し戻そうと公輝さんの胸を押すけれど、むしろそれは力で押し返される。

「さすがに、今は止めてやれない」

「ぁ……っ」

余裕なくそう呟くと、彼は私も知らない深い場所を一気に貫いた。

「ぁ……っ」

目に光が飛びこむ。そして甘い痛みに背中をのけぞらせると、勢いで滲んでいた涙が溢れた。

「いいね、泣き顔の芽唯も悪くないな」

「んっ、や……ぁ」

(どんな顔をしてるのかわからないけど、見られてるの恥ずかしいよ)

私の反応を見て彼は嬉しそうに目を細め、身を乗り出してさらに深い場所を攻めた。

「ふっ、あぁ……っ」

「痛い？」

一応という感じで尋ねられ、私は首を振った。

実際、それは痛みというよりは快感を増幅させるための刺激のように感じる。その証拠に、敏感になった中が驚きを隠せないように全身に快感を伴う痺れを起こさせた。

「芽唯……俺の肩に脚を乗せて」

「そんなこと……？　や、ぁっ」

言葉の途中で片脚を彼の肩に乗せられ、さっきよりさらに深い場所を攻められる。

私はシーツをぎゅっと握りしめ、揺さぶられるまま身を任せた。

公輝さんの下で自分の体が貫かれるのを感じながら、心の底から彼を愛おしいという感情が溢れてくる。それは理屈では到底表現できないような不思議な感情だった。

(私……本当に公輝さんが好きなんだ)

降りてくるキスに自分からも応え、せめてもの愛情を伝える
(これって……感情の通ったセックスだよね)

たとえ未来に希望のない関係だったとしても……今の彼からは確かな愛を感じる。

「芽唯を満足させられてる？」

「はい……すごく」

「そっか。じゃあもっとよくしてあげる」

「え……あんっ」

脚を降ろされたかと思うと、前屈みにキスが降りて、ゆっくり腰を沈められる。

その深い刺激に言葉にならない幸福を感じた。

(公輝さん……あなたも同じように思ってくれてるのかな)

クールな公輝さんの瞳が、確かに私に向かって愛を語りかけているように見えた。

言い表すのが難しいけど。優しく包んでくれるような……そんな甘い視線を送ってくれている。

「公輝さん……」

愛おしさを伝えたくて、彼の名を呼ぶ。それだけで蜜壺がきゅっと縮むのが自分でもわかった。

「芽唯……締めないで、まだこの時間……長く欲しいんだけど」

「ご、ごめんなさい……でも」

公輝さんが自分の中で切ないほどに感じてくれている。

今まで男性に対してこんなにも愛おしいという感情を持ったことがあるだろうか。私は自分の中にある女の部分と母性の部分を同時に感じていた。

(私、公輝さんのこと、こんなに好きになってたんだ……)

そう思ったら、また下腹部にきゅんとなる刺激が走る。

公輝さんは我慢できないように私の両脚を自分の肩にかけ、切なげに呟いた。

「ごめん、ちょっと激しくする」

「え……あ、待っ……やぁっ」

両手で腰をしっかり押さえこまれ、身動きできない状態で激しく突き上げられた。

痛みとも違う強烈なもので子宮が押し上げられ、今までイッたのとは全く違う波が押し寄せるのがわかった。

腰を打ちつけられる音が部屋に響き渡り、羞恥心《しゅうち》と快感がごちゃ混ぜになる。

「も、だめ……私……」

「イっていいよ」

腰の動きが速くなり、深い重なりに声を我慢することができない。

「んっ、またきちゃ……う」

「………」

無言で揺さぶられ続けるうち、大きな快感の波が私のすべてを飲みこんでいく。

（こんなの感じたことない……）

（またくる……公輝さん……っ）

「芽唯……一緒に……」

「は……い……」

意識が遠のくほどの快感の波が目前に迫り……私は夢中で彼の名を呼んでいた。

「公輝さん、公輝さん……っ」

「芽唯……っ」

「ふ……あぁ……イ……っ」

シーツを強く握りしめると同時に、私は今まで経験したことのない絶頂を迎えた。

「は……はぁ」

彼のほうも達したようで、私の体をぎゅっと抱きしめながらしばらく乱れた呼吸のままじっと動かなかった。

（一緒に……イけたみたい……よかった）

お互いの呼吸が整った頃、公輝さんが薄目を開けて微笑んだ。

「……芽唯は、昼の顔と夜の顔が全然違うんだな」

言いながら、額の汗を拭うようにキスをする。体がほてりすぎているせいで唇がひんやりしていて心地いい。

（すごく……幸せ）

「次はもっとたっぷりの時間で過ごそう」

公輝さんは私の髪をゆっくり撫でながら微笑んだ。

（優しい声……でも、次って？）

そんな疑問をぼんやり考えながらも、私は公輝さんの腕の中で安心して眠りに落ちた。


ふと目を開けると、窓からは光が差しこんでいた。

（え、朝？）

枕から頭を起こすと、隣では公輝さんが邪気のない表情で寝息を立てている。

「私……そっか、昨日……」

公輝さんからの誘惑に勝てなくて、最後までしてしまったことを思い出し顔が熱くなる。

でも不思議と後悔のようなものは全くなく、むしろ公輝さんに対しての好意が膨らんだ自分に気がついた。

(不思議な人だな……)

「寝顔、可愛い」

以前はなかった安心感を伴った愛おしさを感じ、私は彼の滑らかな頬にそっと触れた。すると、軽く眉をひそめたあと瞼が薄く開く。

「あ、ごめんなさい。起こしちゃいましたね」

「……芽唯」

まだとろりとした目のまま頭を起こし、私の唇に軽くキスをする。

「っ？」

驚いて目を瞬かせると、彼はクスリと笑って枕に頭を戻した。

「俺の寝顔を見た罰ね」

「罰……でしたか？」

(むしろご褒美なのでは)

素直にそう思っていると、公輝さんは私の手を握って目を閉じた。

「芽唯はいじめられるのが好きみたいだから。でも今、いいお仕置きを思いつかなかった」

「好きなわけじゃないですよ！」

「そう？　好きじゃないのに、あんなに喜ぶものなんだ」

「〜〜〜っ」

（なんだかんだで意地悪）

ぷんとした私は彼に背中を向けて眠り直すフリをする。すると公輝さんがこちらに向き直って後ろから抱きしめてきた。

「怒った？」

「……少し」

「ベッドを出ていかないのはどうして」

「そこまでは怒ってないですから」

「……そっか」

彼は私の背中を抱きしめながら、ゆっくりと深呼吸する。

「芽唯のことは大事な存在だと認識してる。こうしてると居心地がいいし。でも……将来的な約束までは今の段階ではできない」

わかってはいたものの、はっきり言われてやはり傷ついた私は返事ができないまま黙っていた。するると彼は私を強引に自分のほうに向き直らせて視線を合わせてきた。

「だからって適当に扱ってるわけじゃない。俺は父親との関わりを最小限にするために、結婚しないと決めてるんだ」

「そう、ですよね」

（それは柴崎さんから聞いていたし、改めて本人が言うのだからきっと相当なんだろうな）

そう思うけれどどこか納得できない気持ちになる。

「勝手だけど、芽唯のことは失いたくない。これも本心」

「本当に……勝手ですね」

諦めに近い気持ちでそう言うと、彼は深いため息をついた。

「俺のこと、こじらせた性格だなって思ってるでしょ」

「いえ、そんなことは……」

(思ってない、っていうのは嘘になるかな)

言葉尻を濁して困っていると、彼は苦笑して頬を撫でる。

「嘘つきなくせに、こういう時は正直なんだな、芽唯は」

そう呟くと、彼は観念したように今まで語らなかった自分のことをゆっくり話し出した。

「俺がこういう性格なのは、姉のことでちょっとね」

「お姉さん……」

(関係の悪いお父様とのことじゃないんだ)

公輝さんはこれを本当は私に話すつもりはなかったけど、という前置きをしてから語り出した。

公輝さんには年の離れたお姉さんがいて、その人の影響で弁護士になろうと思ったという。

「古い家のしきたりでがんじがらめの俺を姉が解放してくれたんだよね」

「最初から弁護士さんを目指してたわけじゃなかったんですか？」

「まあね。小さい頃から祖父の代から築いてきたホテル経営の仕事を継ぐ以外に選択肢はないと思ってたからね。でも姉からある日、家業に拘《こだわ》る必要はない、興味があるなら一緒に弁護士事務所を作らないかって言われて、それが希望になった」

「……そう、だったんですね」

（そこまで影響力のあったお姉さんとの間に一体なにがあったというんだろう）

それ以上尋ねようかどうか迷っていると、彼も息苦しくなったようで、深いため息と共に空を見つめながら続けた。

「まあその希望も結局は打ち砕かれるんだけど。人は裏切る。この世に信じられる人間なんかいない。それを肉親で思い知ったんだよ」

（この世に信じられる人間なんかいない……）

ここまで人間不信になるほどのなにか大きな事件があって。それで公輝さんはお姉さんとの関係を語らなくなって、人との付き合い方にも距離ができてしまっている。

簡単ではないようだけれど、そこの関係が緩和されたら、公輝さんももう少し楽に生きられるのではないかと私は思った。

（また余計なお世話って言われるだろうけど）

お姉さんの話は別にして、私は彼が距離を置いているという実家のことについて尋ねた。

「公輝さんが継ぐはずだったお仕事は、どなたかが引き継いでらっしゃるんですか？」

「いや。父親がまだ現役だからね。でも結局家業は引き継ぐことになると思う。そうなったとしても、弁護士を辞めるつもりはないよ」

「弁護士とホテル経営って……あり得ないほど大変だと思うんですけど」

「家業のほうは小さい頃からいろいろ見聞きして知ってるし、なんとかなる」

「そう、ですか」

(結局お父様の思いも、お姉さんの思いも捨てていない……公輝さんはそのことに、気づいてるのかな)

「すごく家族思いなんですね」

「……俺が？」

「はい」

やっぱり自覚はなかったみたいで、公輝さんは理解できないという顔で天井を見上げた。

「それは俺を美化しすぎだな。俺は単に他にやりたいこともないから、そうしてるだけで……芽唯が思うような綺麗な話じゃない」

苦笑すると、公輝さんはそれきり口をつぐんで目を閉じた。

(口で言ってることと、行動がちぐはぐな人……でもきっと、行動のほうが本音なんだよね)

彼の内に秘めた優しさを知った私は、安心して二度目のまどろみへと落ちていった。


週明けの月曜日。

いつも通り出社すると、珍しく柴崎さんの大きな声が所長室の外にまで漏れていた。

「三国さんと同居ですか？　どういうことか説明いただけますか」

（柴崎さん怒ってる……それはそうだよね、今の関係を知ったらきっと私もお仕事を辞めさせられる）

中に入るに入れず、私はドアの前でつい聞き耳を立ててしまった。

「だから……親父の主催するパーティーで俺の結婚をしっかり諦めてもらうためだって」

「そのために三国さんを利用されるということですか？」

「まあ、そうなるね。彼女との契約はもう取りつけてある。ひと月だけだ……それほどの問題はないと思うけど」

「ひと月も一緒に暮らしていて、なにもないと誓えますか？」

「……別になにかあってもいいんじゃないの」

（公輝さん？　言っちゃうの？）

ドキドキしながら会話の行方を見守っていると、柴崎さんが心配そうな口調で言った。

「三国さんは、それほど器用な方とは思えませんが」

「まあ、そうだね」

「わかっていて、そのようなお約束を？　公輝様は、三国さんに特別な思いがおありなんでしょうか」

柴崎さんのその鋭い質問にこちらもドキッとなる。

思いは一緒だと思いたい、ただ、ちゃんと告白をされたわけじゃないから自信がない部分もあって心臓がはち切れそうだ。

するとと、公輝さんはどうってことない調子であっさり答えた。


「いや、別に？　『契約』だからね。お互いそこは線引きできてる」

「ですがお心を無視されるとなると……それは都合のいい関係、ということになりますが」

「そうかもね。実際、お互い都合がいいから契約が成立した。それだけだよ」

（公輝さんの本音ってこれなの？）

一瞬絶望しそうになるけれど、柴崎さんの目を誤魔化すのはかなり難しいと言っていた彼の言葉を思い出す。

（柴崎さんにすべてを打ち明けるのにはタイミングがあるのかも……公輝さんに直接確かめるまでは信じていよう）

そう思い直し、私はその場で深呼吸した。

「失礼します」

今入ってきましたという顔で中に入ると、柴崎さんが緊張の面持ちで私の側に歩み寄ってきた。

「三国さん、公輝様との同居のことは伺いました」

「あ、はい」

（ここは私も話を合わせたほうがいいよね）

「お給料をはずんでいただいたので、一ケ月という契約でお受けしました」

私が案外さらりと答えたものだから、柴崎さんもさすがに面食らっている。

「その……大丈夫でしょうか」

「なにがでしょうか？」

「恋人のフリとは違って、同居となると相当に距離が近いので……その、難しいとは思いますがプライベートなお気持ちと混同なさるようなことは――」

柴崎さんも言っていることのおかしさには気がついている様子で、いつものようにキッパリした口調ではない。

それでも私は彼の言いたいことは聞いていてわかっていたので、強く頷いた。

「大丈夫です。私、あんな自分勝手な方を好きになったりしませんから」

「……そうですか。三国さんを信頼していいんですね」

「はい」

こんなことをきっぱり答えられる私は、自分でも図太くなったと思う。

誰かのためなら強くなれる、その性質がマックスに効力を発揮している状態だろう。

柴崎さんが部屋を出ていってから、公輝さんは心の読めない表情で私を見つめていた。

(私が答えたセリフで大丈夫だったのかな)

一抹の不安を覚えたものの、ああ答える以外私の中で選択肢はなかった。だからこれでよかったのだ。

そう思い直した時、公輝さんは私の元に歩み寄って首を傾げた。

「あんな嘘をつけるようになるなんて、芽唯も悪くなったね」

「っ、そんな言い方って――」

カッとなって怒りかけた途端、不意に抱きしめられて言葉が遮られる。

（公輝……さん？）

「ごめん、芽唯を巻きこんでしまって。でも、父親の影響力を考えると、柴崎に対しても徹底した嘘をつくしかないんだ」

（やっぱり嘘だったんだ）

彼の本心を知ることができて私は緊張していた心が一気に緩んだ。

「よかった……公輝さんの嘘って疑えないほど真実味があるから。ちょっと怖かったです」

「立ち聞きしてた？」

「あ……ごめんなさい」

謝る私の頬を持ち上げ、子どもをしかるような視線で睨む。

「これからは聞きたいことは俺に直接聞いて。間接的な話って誤解を生むから、ややこしくなるよ」

「ですよね。これからは気をつけます」

「ん、素直だから許す」

そう言って微笑むと、彼はそのまま優しく唇を寄せた。

重ねられたキスがあまりにも甘美で、私はそこが所長室であることを忘れて夢中になってしまった。

第五章

その数日後から、公輝さんとの生活が本当に始まった。

引っ越すまでは自分が働いている法律事務所の所長と同居なんて現実味がないなと思っていた。でも相手が公輝さんだからなのか、始まってしまうと案外スムーズに暮らせていてとても快適だ。

柴崎さんを騙しているようで申し訳ないのだけど、寝室も結局は一緒になっていて。というより、ベッドが一つしかないことを公輝さんはわかっていたのだから私が単純に騙されてしまったということになる。

（でもその嘘も責める気持ちになれないんだよね）

心を奪われてしまっている証拠なのかもしれないけれど、将来が約束されないということ以外はいたって平和で楽しい付き合いができている。

公輝さんは確かに私を好きでいてくれていると思う。でも、彼の家柄や立場を考えると、やっぱり別れが待っているのかなと考えることもしばしばだ。

（それでも私は今が大切だし。約束した一ヶ月間が幸せなら、それでいいと思おう）

かなり無理をしているけれど、そう思うことで私は自分の心をなんとかセーブしていた。

事務所がお休みのある日。

私たちは自由な時間に起きてそれぞれがやりたいことをやっていた。

まんまとベッドは一つ作戦に負けた私は、同棲初日の夜から公輝さんと一緒に眠っている。だから といって毎日エッチをするかというと、そうでもなくて。普段は軽くキスをする程度でお互い熟睡してしまう。

(なんだろう、この快適さ……一人で暮らしている時とさほど変わらない)

この生活が一ヶ月で終わるとしても、この時間は私にとって悪いものじゃないという感じがした。

(それに公輝さんって、仕事から離れると結構脱力してて可愛いんだよね)

ぼんやりモニター画面を見ている公輝さんからグラスを受け取り、代わりにコーヒーの入ったマグを持たせる。すると香りにハッとなって視線を上げた。

「淹れてくれたんだ。ありがとう」

「いえいえ。代わりといってはなんですけど、見たいテレビがあるんですけど」

「?　いいよ」

リモコンを受け取り、恥ずかしながら子ども向けアニメを画面に映した。

このアニメは大人へのメッセージも込められていて、私はいつも勇気をもらっている。

「あ、このキャラクター。芽唯がくれたボールペンのやつ」

「公輝さんが勝手に奪ったんですけどね」

ぷんとしてから、でもそうだと頷く。

「ニャンペンは頭がよくて飼い主をすごくフォローしてくれるんですよ」

「なんか顔が芽唯に似てる」

「えっ、私こんなですか？」

「必死な顔してるじゃない。それに飼い主に対してちょっと自己犠牲的だし」

（出た、また自己犠牲って言われた）

最近ではその言葉を意識して、自分の気持ちをあまり犠牲にしないようにと気をつけているつもりなのに。公輝さんから見たら、まだまだ我慢しすぎているとのこと。

「今もちょっと眠いの我慢してるでしょ」

「あー……少しだけ」

「ほら」

くすっと笑って、私を抱き寄せるとぎゅっと力を込めた。

動けないくらいの力に抵抗する気も失せて、そのまま目を閉じる。柔軟剤とお日様の匂いがして、呼吸がゆったりとしてくる。

（本当に眠ってしまう）

髪を撫でられ、すっかり安心して眠りに落ちてしまった。

夢の中では心も体も軽くて、そこでは心配や不安もなくて。

（ずっとここにいられたらいいのに）

ふわふわの綿毛のようなものに身を預けてゆったりしている自分がいた。

『芽唯……ずっと俺の側にいて』

優しく頭を撫でられて目を開くと、そこにはとろけそうな表情をした公輝さんがいる。

(ああ、そうか。この人の側だからこんなに安心なんだ)

「私もずっと公輝さんの側にいたいです」

『いいよ。おいで』

ふわりと抱きしめられ、その腕の中で言い知れぬ安堵を覚える。

(心地いい)

目を閉じてうっとりしていると、不意に唇に温もりが触れた。キスだとわかって、その甘い感覚を幾度も受け止める。

『もっと?』

「はい。もっと……」

素直に答えるとキスは深まり、大きな手が私の肌に触れた。鎖骨をなぞってするすると指先が下り、胸の膨らみを辿ろうとした瞬間——ハッと目が覚めた。

「……夢」

身を起こしながら自分の胸元にそっと手を当てる。

まだ体に触れられていた感覚があって、心臓もドキドキと高鳴っていた。

(なんて夢を見てるの、私……)

「芽唯、起きた？」

書斎に籠っていたのか、公輝さんが物音を聞いてリビングに現れる。

「あ、はい」

あんな夢を見てしまったあとのせいか、すごく恥ずかしい。

かけられていたブランケットを綺麗にたたむと、髪や衣服を整えた。

「すみません、めちゃくちゃぐっすり眠ってしまいました」

「いいよ。疲れてたみたいだし」

(夢と同じ声……二人でいる時の公輝さんて、勘違いしそうなほど優しいよね)

本当の恋人みたいに甘えたいという気持ちが湧いたけれど、それを理性でぐっと抑えこんだ。

「えっと、午後から出かけるんでしたっけ」

「そう。今日はいよいよ婚約指輪を選ぶよ」

(指輪も用意するっていう話、本気だったんだ)

ドレス選びに失敗してからはあんまりその話には触れていなかったけれど、お父様の誕生日パーティーまでに私をちゃんとした婚約者として仕立て上げるつもりみたいだ。

「今日は俺の運転だけどいい？」

「あ、はい。もちろん」

駐車場まで行くと、公輝さんは自分の車にエンジンをかけて助手席のドアを開けた。

「俺の眠り姫、どうぞ」

そう言いながら大袈裟にお辞儀する姿にくすっと笑ってしまう。

「ありがとうございます」

大人しく車に乗りこむと、柔らかなレザーで包まれた座席は私の体全体をふんわりと包んだ。一度座ったら立ち上がりたくないと思わせるような、その極上の乗り心地にただただ驚く。

(車に乗ってるって感覚じゃない)

まるで、無重力を体験しているかのようだ。

「芽唯、さっき昼寝したんだから目的地まで目を開けててよ？」

運転席に乗りこんだ公輝さんが私の顔を覗いてくる。

「気持ちいいから、ちょっと目を閉じただけですよ」

「そう？　無言でいられると俺も眠くなるから、話し相手になってね」

「わかりました」

(こんなお願いしてくるなんて、なんだか可愛いな)

思いがけずそんなほのぼのした気持ちでドライブはスタートし、あっという間に宝石店のある街に到着してしまった。

一時間くらいかかったはずだけれど、乗り心地がよかったのか運転が上手だったのか、全く疲れていない。

「どんなのがいいか、今日は芽唯の好みを反映させて」

「はい」

（そうだな、演技とはいえ私もちょっとは気持ちを入れないとね）

そう思って張り切って店内に入ったものの、重厚感ある店内の空気に、私はやっぱり圧倒されてしまった。

「橘様、いらっしゃいませ。お待ちしておりました」

「予約してた通りだけど、お願いできるかな」

「はい。数点候補をご用意しております」

慣れた様子で店員さんと公輝さんは会話を交わし、店内の奥へと入っていく。

その後ろについて歩くと、他の店員さんが嬉しそうに私に笑顔を向けた。

「ご婚約おめでとうございます」

「あ、ありがとうございます」

（わあ、なんかとんでもなく大きな嘘をついてしまっている感じがする）

罪悪感が胸に迫り、張り切っていた気持ちが完全に萎縮してしまった。

お店の奥にはすでにダイヤの指輪がいくつも並んでいて、そのどれもが目が痛くなるほどに輝いていた。

「こちらで店内のダイヤはすべてとなります。どうぞご自由にお選びくださいませ」

「ありがとう」

用意されたソファに座ると、公輝さんは私にも座るよう促す。

「普段から身につけるものだし。ゆっくり吟味したいだろうから、個室を用意してもらったんだ」

「そう、ですか」

(一生身につけるなら確かにそれくらい吟味もするだろうけど……)

複雑な気持ちで彼の隣に座り、眩いばかりの指輪を見下ろした。

好みとか言われても、正直どれもダイヤだとしか思えない。それくらいこのお店は私には場違いというか……とても居心地が悪い。

「笑顔がないね。嬉しそうにしてないと不自然だよ」

「仕方ないじゃないですか。慣れてないんですから」

「ほら、先に笑う。そしたら楽しくなってくるから」

(もう、相変わらず無茶振りだなあ)

仕方なくぎこちなく笑って見せると、唐突にムニッと頬を掴まれる。

「にゃにふるんれすか!」

「まだ硬いから」

言いながら、たまらずぷっと吹き出したの公輝さんのほうだ。

私は彼の手を払いのけて、ムッとなる。

「もうっ、痛いですよ」

(真剣になってたのがバカみたい)

頬をさすりながらプンプンしていると、店の奥に立っていた店員さんが小さく笑った。

「仲がよろしいんですね。羨ましいです」

「あ……」

（そうだ、店員さんがいたんだった）

怒りから羞恥心《しゅうち》に気持ちが切り替わった頃には、ガチガチだった緊張も少しほぐれていた。

「ほら、どれがいいのか今日はちゃんと選ぶ約束でしょ」

「そうでしたね」

（もしかして私をリラックスさせようとしてくれたのかな）

どちらにしろ、公輝さんのおふざけのおかげでリラックスした私は、最初よりはしっかり指輪のデザインなんかも見て好きなものを選ぶことができた。

「これにします」

（決めたけれど、これは私のものじゃない。そこは混同しないようにしないと）

一度身につけたら外すのは勿体ないと思えるような素敵なリングを選んでしまった私は、何度も自分にこれは自分のものじゃないと言い聞かせていた。

すると、なぜか公輝さんはその指輪に合わせてネックレスも選ぼうと言い出した。

「いやいや、こんな高いお店のネックレスはいらないでしょう」

「デコルテラインになにが光るかで随分印象が変わるんだ」

有無を言わさずネックレスを持ってきてもらうと、彼は私の首元にそれをあてがった。

「いいね。華やかになる」

「そ、そうですか？」

（公輝さんの指が、ずっと鎖骨に触れてるんだけど……）

意味はないと思いつつ、撫でられている感じがして心臓がバクバクしてくる。

「芽唯？　顔が真っ赤だけど。どうした？」

「さあ。どうしたんでしょうね」

「……耳だけじゃなくて、ここも弱いよね」

「ふわっ」

鎖骨に軽くキスされて、飛び上がらんばかりに驚く。

「ちょ、っと、公輝さん？」

（ここ宝石店で、しかも少し離れてるとはいえ店員さんが後ろに……っ）

公輝さんはネックレスをトレイに戻すと、茹で蛸のようになっている私を見て目を細めた。

「芽唯ってほんと、羞恥《しゅうち》プレイ好きだよね」

「なに言ってるんですか！」

（触れてきたの、そっちでしょう）

「そんな怒らなくても……冗談だよ」

「当たり前です」

からかわれているとわかっていても、公輝さんが触れると自分でも制御できないような熱が湧いてきてコントロールできなくなる。

もっと触れてほしいような、そんな期待みたいなものが湧いてしまう。

（私、一体この人になにを求めてるんだろう）

そんなふうに混乱していたけれど、次に呟かれた一言でスッと心が冷めた。

「うん、これくらいのアクセサリーを身につけてたら親父も納得なんじゃないかな」

（あ、そうか。結局これはお父様用のカモフラージュなんだ）

「……だといいですね」

まるで本物の婚約者に見せるような熱心な態度に、ちょっとだけ気持ちがぐらついていた自分に気がつく。

（このまま流されていたら、引き返せないほど気持ちを奪われてしまう）

私はネックレスを外してこれは必要ないと告げた。すると彼は意味がわからないといった様子で目を丸くしている。

「どうして、これも似合ってるけど？」

「ネックレスは自分で用意します、今は高級アクセサリーをレンタルするサービスもありますし。お父様に認めてもらえるレベルのものにするので心配いりませんよ」

（なんでもかんでも買ってもらってたらキリがないし）

本当はドレスも自分で用意すると言いたかったけれど、それはもうすでに公輝さんは用意してくれているみたいだから今さら断ることはできない。

（いただいたお給料の中から支払えるようだったら、あとで買い取ろう）

こんな私の可愛げのない態度を見て、公輝さんはやや冷めた表情をした。

「まあ……君がそうしたいなら、いいけど」

（生意気だったかな。でもこれ以上気持ちを乱されるのも嫌だし）

ちょっぴり胸が痛んだけれど、これは必要な線引きだと自分に言い聞かせた。


お店を出て駐車場まで歩く中、ふとゲームセンターが目に入った。

路上にガチャガチャの機械がたくさん置いてあるのがわかり、つい足を止める。

「あのっ、あそこに寄ってもいいですか？」

「いいけど」

答えを聞き終える前に小走りになり、私は機械の前まで来るとゆっくり眺めて歩いた。

「わあ、結構レアなガチャも入ってる」

（ニャンキャラスターズもあった）

嬉々として財布を取り出し、小銭がどれくらいあったか確かめる。

「子どものおもちゃでしょ、それ」

私に追いついた公輝さんがため息交じりに言った。

ガチャガチャの前にしゃがみこんだ私のテンションに驚いた様子だ。

「今は大人だって夢中になるんですよ？」

（なにを言われたってこれは絶対に回す！）

「ニャンペン、きてー！」

祈るようにガチャの前で手を合わせていると、後ろから公輝さんが覗いてくる。

「まさかこのシリーズ全部集めようとしてるの」

「そうです。もう九種類集めてるんです。あと一つ……あのボールペンにくっついてた子だけきてくれてないいんですよ」

「ああ、あのくたびれたネコ？」

「くたびれてないです。ちゃんとしたヒーローネコなんです！」

「ふーん……芽唯はちょっと念を送りすぎだな。俺が回してみるよ」

「公輝さんが？」

「ていうかこれ全部小銭使うの？　最近硬貨とか使わないから新鮮だな」

いろいろ言いながら公輝さんは素早くお札を五百円玉数枚に両替して戻ってきた。

そしてガチャを一回まわす。

すると、彼が引いた水色のプラスチックボールの中からニャンペンがひょっこり顔を出す。

「もしかしてニャンペン……引いちゃいました？」

「多分。あのボールペンについてたのと同じキャラだし」

「ええっ」

(何回やってもきてくれなかったのに、公輝さんのところには一回でくるんだ)

わけのわからないジェラシーを感じていると、公輝さんはくすくす笑いながら私にボールごと手渡した。

「あげる。俺が持ってても仕方ないし」

「いいんですか？　ありがとうございます！」

素直に受け取ろうとすると、意地悪くフイッと持ち上げる。

「なにするんですか」

「なんか面白くない。ネックレスは断っておいて、これなら受け取る心理ってなに？」

「えー……」

（でも確かに、なんでだろう）

「やっぱ、金額？」

真面目に尋ねられ、私も真面目に考えてみる。

確かにジュエリーは高額だったから断ったというのは大きい。

でも、マスコットだって場合によっては断った可能性もある。それは……

「ニャンペンは私が欲しいって言ったものだから……ですかね。私がすごく欲しいのを理解してくれて、公輝さんがわざわざ両替までして引いてくれたマスコットだから……ですかね」

「手間ひまがかかっていて、心の寄り添いがあったから。そういうこと？」

「そうですね！　本当に、すっごく嬉しいので」

私が心から笑顔になると、公輝さんは観念したようにニャンペンを手のひらに乗せてくれる。そして、ツンツンした耳を軽く指で撫でると、私の顔を見てすぐに視線を逸らした。

「あんまり無邪気な顔を見せないで」

「え？」

「この場でキスしたくなる」

言いながら息が届くほどの距離まで顔を近づけられる。

ドキッとして目を閉じると――

（あ、あれ？）

なにも起こらないのでうっすら目を開けると、その瞬間瞼にチュッとキスされた。

（あ……）

くすぐったい刺激に照れるけれど、唇じゃなかったことにがっかりしてしまった。その心を読まれたみたいで、公輝さんは窺うように私の顔を覗きこんでくる。

「ここ外だし」

「は、はい。そうですね」

「……素直じゃないなあ」

「っ！」

大きな手で顎をすくわれ、今度こそキスされそうな角度で顔を近づけられた。

（でもまたフェイントかもしれないし、騙されない）

目を開いて彼の顔が近づくのを見つめていたら、そのまま深く唇が塞がれて鼓動が跳ね上がる。

「ん……」

「呼吸止まってる」

少しだけ唇を離した彼は、ぼうっとする私に囁きかける。

「キスが好きなくせに、勝手がわかってないんだ」

「なにを……っ」

言葉を発するのを許さないというように再び唇が塞がれる。

舌先で口内を追跡すると、歯列をなぞってもう一度深くキスを重ねた。

「は……ぁ」

(公輝さんの声とキス……これだけで力が抜ける)

とろんとした私の体を抱き寄せ、彼はくすくすと笑った。

「ほんと、焦《じ》らし甲斐がある」

「……意地悪、すぎます」

「でも嫌いじゃないでしょ」

低い声を耳に吹きこむように囁かれ、言葉通り私はその先を早くしてほしいと本能的に望んでしまった。

続きは家に戻ったらねという言葉と一緒にマンションに戻ると、タイミングよくドレスが届いていた。

「指輪を買った日にドレスも届くなんて、タイミングがいいね」

「公輝さんが選んでくれたんですよね」

「そうだけど、多分芽唯が着てみたいと思ったドレスだと思うよ」

（着てみたいと思った？）

首を傾げながら箱からドレスを出して驚いた。

それは、試着の時に素敵だなと思ったけれど似合わないと思って手にしなかったピンクのドレスだった。

「あの時、本当はそれが一番気に入ってたでしょ」

「そう、でしたか？」

（可愛いなとは思ったけど……でも、そんな些細なところまで見られていたなんて）

「貸して」

公輝さんは、私からドレスを受け取って体にそっとあてがった。

「いい色だ、似合ってる。ピンクは自分を愛する色だし、今の芽唯にぴったりだ」

（確かに素敵だと思うけど、これを着てる自分が想像できない）

「まずは着替えて見せてくれる？」

「は、はい」

（せっかく公輝さんが準備してくれたものだし、着ないわけにいかないよね）

自分の部屋でドレスを身につけてみるけれど、袖を通す時になんとも言えない抵抗感がある。

（うう……超絶似合わなくて笑われたら嫌だな）

自信がないままリビングに戻ると、ソファに座っていた公輝さんが私を見て目を丸くした。

「想像以上に似合ってる」

「本当、ですか？」

「鏡見てないの？　ほら」

私の両肩を抱くと、大きな鏡に向かって私を映してみせた。

一瞬誰かなと思うくらい、そこには華やかでお姫様みたいな自分が立っていた。

（えっ？　私ってこんな雰囲気あったっけ）

「どう？」

耳元でそう囁かれ、ドクリと鼓動が脈打つ。

「思ったより……似合ってますね」

「髪をアップにして、メイクもパーティー用にしたらもっと華やかになるよ」

（わ……）

うなじから髪を持ち上げられ、触れた指先の感覚にぞくりとしてしまう。

すると公輝さんは首の付け根にキスをして微笑んだ。

「芽唯の髪をこうして自由にいじるの、好きなんだ」

「髪ですか？」

「うん。芽唯の髪は艶があっていい香りがして……撫でたくなる」

（あ……）

指を櫛《くし》のようにして梳く動作に、さっき一度焦《じ》らされた場所が疼く。両脚の間が熱くなって、あそこが潤っていくのがわかる。

（こんなの知られるの、恥ずかしい）

「芽唯、そろそろ求めてるよね」

表情から私の気持ちを読んだのか、公輝さんが意地悪く言う。

「なにを、ですか」

「もちろん……」

公輝さんはドレスの裾をたくし上げ、太ももをスッとさすった。

「この奥」

「ふぁ……っ」

ショーツ越しに秘所まで探られ、あっという間にショーツが濡れて恥ずかしい音を立てた。

「は、恥ずかしいですっ」

「恥じらうのもいいけど、素直に乱れる姿も見たいかな」

「あっ」

ドレスがストンと床に落ちて驚く。ショーツ越しに触れている間に、ジッパーを下ろされていたみたいだ。

「公輝さん……っ」

「なに？　続きは戻ったらって言ってあったよね」

「ふ……っ」

後頭部を抱えるようにして深く唇を塞がれ、そのままソファに押し倒される。沈んだ体を反射的に起こそうとするも、頭上で手首を押さえつけられた。

「なにを……」

「体で理解して」

「あ……」

胸に触れた手は、優しく揉みしだくように動いて私の甘い声を誘った。首や鎖骨へのキスにも反応してしまい、思考が曖昧になっていく。

「ん……や……」

（ムズムズする……もっと……奥に……）

「焦《じ》れったい？　中に欲しいんだ」

「ちが……」

「体は欲しいって言ってるよ」

口で表現されることには耳を貸さず、彼は私の体の反応で判断しているみたいだ。

公輝さんは口の端で避妊具の袋を割くと、素早くそれを自分のものに装着する。そして熱を帯びた視線を私に向けた。

「芽唯、力を抜いて」

濡れた場所に当てられた公輝さんのたぎったものは、想像以上に熱くて硬い。これが自分の中に入る感覚を想像すると、それだけでゾクゾクとしてくる。

「ゆっくり呼吸して、俺を見て」

「ん……はい」

公輝さんの目は真剣で、そして今までになく情熱に満ちていた。その瞳に鼓動が跳ね、ゆっくりと言われた呼吸がうまくできない。

(恋しすぎるっていうか……ドキドキする感じ)

「いくよ」

「ふ……あっ」

中に侵入してくるその熱をじわりと感じ、想像を遥かに超えた快感に全身を震わせる。

痛みにも似ているけれど、それは苦痛を伴うようなものではない。擦れている部分が熱くなり、それが言い表せないような快感を生んでいく。

「こんないきなりでもいいなんて、やっぱり素養ありだな」

「そんなんじゃ……な……あ…っ」

公輝さんの腰が激しく打ちつけられ、彼のものがすべて中に入ったようだった。初めて感じる子宮を押し上げられるような感覚に、思わず息が止まりそうになる。

「ん…っ、ふ……う」

「声、我慢しないで乱れて」

私の髪をくんっと引っ張り、愛おしげに唇にキスを落とす。

「あっ、あん……や…ぁっ」

「いい声、それに中もすごく締まってきてる」

汗を滴らせ、奥を攻め立てながら、公輝さんは目を細めた。

「言ってみて、もっとくださいって」

(そんなの言えないよ)

思考が曖昧になる中で首を振ると、公輝さんは動きを止めて、静かに私の瞳を見下ろした。

「言わないとここで止めるよ」

「え……」

さらわれそうな快感の波が明らかにあと少しのところまで迫っている。ここで公輝さんが離れてしまうと思うと、たまらなくもどかしい。

「……止めないで」

「なら言って」

(こんな乱暴な言い方……でも、嫌な感じがしない)

戸惑いながらも、私は懇願するように彼の求める言葉を口にしていた。

「くだ、さい……」

「もう一度」

「公輝さんの熱いものを……もっとください」

「……いいよ。あげる」

私の言葉に満足したのか、公輝さんは私の体を起こして後ろ向きにさせた。

「そのまま腕をついて、腰を上げて」

「こ、こう……ですか？」

（この格好、恥ずかしすぎる）

四つん這いの姿勢は正面からよりさらに恥ずかしく、後ろの公輝さんをとても見ることができない。そんな私に、公輝さんは淡々とした調子で尋ねる。

「後ろからって、初めてだったかな」

「初めて……です」

（正直、私にとっては公輝さんとの行為はすべて初めてって言ってもいいような……）

戸惑う心とは逆に体はなぜかさっきより熱くなっていて、後ろに迫る公輝さんの存在を感じるだけで、どんどん蜜が溢れた。

「もうぐっしょりだ」

「い、言わないくださいっ」

「でも言葉にしたほうが芽唯、濡れるから」

「んっ……あっ」

湿度のある音が部屋に響き、そのまま後ろから深く貫かれる。声も出ないほどの刺激に背が反り返った。

「あんっ、あんっ」

手のひらを壁についたまま立て続けに攻め入られ、自分のものかわからないほどに声をあげてしまった。

いる。


「もっと声出しなよ」

「ん……や……っ」

公輝さんの大きな手が後ろから回ってきて私の胸を掴み、そのまま再び彼の熱いものが奥を突き上げてくる。痛みもなく快感のみを送ってくるその存在は、私の身も心も支配していった。

小さい波から大きな波へ変化を遂げた快感は、すでに頂点を一歩前にしているところまできている。

(あと少しでイき……そう)

絶え絶えの呼吸をしながら後ろを振り返ると、公輝さんは余裕の表情で私を見下ろしている。

「俺に遠慮する必要ないよ……芽唯には、まだまだ付き合ってもらわないと」

「でも……あっ」

ズンッと子宮の入り口を深く貫かれた瞬間、情けなくも私はイッてしまった。

ぐったりした私の体を抱き寄せ、公輝さんは優しく頬にキスをしてくれる。

「正直こうして芽唯のイくところ見る時が一番感じる」

「な、なんですか、それ」

「だから何度もイかせないと」

言いつつも、私が体力の半分以上は使ってしまっているのを見て、公輝さんはベッドで少し休もうと言ってくれた。

ベッドに並んで横たわると、スプリングが体を押し返し、今達したばかりの余韻が体に響く。

「こんなのを何度も、なんて……身が持ちません」

「回数を重ねれば、慣れてくるよ」

「慣れます、か？」

「慣れる。求めてくれれば、いくらでも応えるし」

そう言いながら、彼は耳を優しく食んだ。

ピクリと肩が反応し、次に送られる刺激に期待が膨らむ。

「そろそろ、いい？」

「え……もう？」

ベッドの上に仰向けになると、公輝さんは自分の両手を私の指に絡ませた。彼の大きな手が私の手を包みこんでいる……それだけで心は大きな安堵感に包まれた。

「待たせないほどイヤらしい芽唯が悪い」

甘く響く公輝さんの声と共に、柔らかい唇が額や鼻に触れていく。

（心地いい……気持ちいい）

最初のキスも、こんな心地よさだったような気がする。

（嫌がってるつもりだったから、自分でも戸惑ってたっけ）

「芽唯、こっち見て」

公輝さんの大きな手が顎を捉えて持ち上げる。

「キス、好きだったよね」

「ん、はい」

小さく頷くと、公輝さんは嬉しそうに目を細めて顔を寄せた。

角度を固定されたまま唇が深く重なり、お互い自然に口を開いて舌を絡め合う。

「は……ぁ」

ゆったり流れる時間の中で交わす、優しいキス。眠りに誘われるほどスローなテンポで繰り返され、激しい交わりとは違うじんわりと沁みこむような愛を感じた。

「芽唯、その表情は俺以外の誰にも見せないで」

キスの合間に囁かれたその言葉は、今までのどの愛撫よりも私を大きな喜びで満たす。

(独占したいって言われてるみたいで嬉しい)

「もちろん、です」

再び深くキスを交わしながら、ごく自然に次を求め合い——再び私たちは体を重ねた。

公輝さんは、私の頭を抱えるようにしながら慎重に中に進んでくる。

「は……ぁ」

一度狭くなった道が再び押し広げられ、それを私は抵抗なく受け止めた。

「中、すごく熱い」

「ん、公輝さんのも……熱いです、すごく」

感じ合うところを互いに確認していると、なぜか喜びも二倍になっていく。

「どこがいい？」

「ん、そこ……気持ちいい。公輝さんは？」

「俺はどこでもいい、ていうか……もう動きたい」

思った以上にスローに進んでいた行為だけど、珍しく公輝さんのほうが先に降参した。

私はこくりと頷き、彼がもっと入ってきやすいように脚を背中に絡める。

「どこで知ったの、そんなの」

「えっと……なんとなくです」

「侮れないな、芽唯」

ふっと笑うと、公輝さんは私の肩を固定するように抑えこみ、そのまま腰を動かし始めた。

中にぴったりと入っていた彼のものが擦れる度、忘れていた刺激が蘇ってくる。

「あ……そこ、気持ちいい」

「ここ？　じゃあ集中して攻めるから……一緒に」

「ん、うん……はぁん」

こつん、こつんと一番奥に当たる感覚があって、そこにどんどん熱が集まっていくのがわかった。

お互い達する場所に向かって次第に意識をシンクロさせていく。

(あ、またきちゃう)

「イき、そう……」

「ん……俺も……芽唯の中、きっつ……」

公輝さんの声に余裕がなくなり、その切なげな声に私の理性も限界に達した。

「公輝さ……ん、も、だめ……あぁ……っ！」

声を我慢するのも無理な快感が襲い、私は淫《みだ》らにそこで果ててしまう。

公輝さんも私をキツく抱きしめながら、背中を痙攣させた。

「……は……ぁ」

(愛し合うってなんて心地いいんだろう……私、もう公輝さん以外考えられない……好き……なんだな)

しみじみ本心を感じていると、不意に心地よさげな寝息が耳に届いた。

「えっ、公輝さんもしかして……寝ちゃいましたか」

「………」

(ぐっすりだ)

この人は、気絶するように寝てしまうことがある。でもそういう姿を見せるのも柴崎さんと私の前だけみたいだ。

(特別な人って認めてもらってる感じがして嬉しい)

もう戻れないほどに公輝さんを愛している自分に気がついたけれど、それを口にすることはできない。彼には立場というものがあるから。

恋人でいることはできるのかもしれないけれど、パートナーという選択肢はない。

幸せな反面、こんな切ない気持ちも混ざっていて。私は複雑な感情を抱えながら、眠ってしまった公輝さんの唇にそっとキスをした。

第六章

それは突然のことだった。

いつものように朝食用のジュースを作っていると、純也から電話が入った。

（なんだろう、朝にかけてくるなんて珍しいな）

「もしもし、どうしたの？」

廊下に出て少し声をひそめて電話に出ると、純也は枯れた声で苦しそうにしていた。

『ごめ……俺、風邪こじらせちゃってさ。ゴホゴホ！』

「えっ、大丈夫？　病院は？」

『行ってない……自力で治そうと思ったんだけど、栄養あるもの食ってなくて、回復しなくて……悪いんだけど、仕事終わったらなにか食べるもの買ってきてくれないかな』

「それはいいけど」

最近プログラミングの仕事も多く請け負っていて、徹夜しながらの作業もあると聞いていた。最近の気候は雨が降ったかと思うと夏のように暑い日もあったりで、体調を崩すのは当然だろう。

（食べ物の差し入れだけだと心配だな）

「じゃあ夕方、なるべく早く栄養になるもの買っていくから。薬も必要だよね、うん、わかった」

純也との電話を切ってリビングに戻ると、一見なんともなさそうに雑誌を見ていた公輝さんがチラリとこちらに視線を向けた。

「誰？」

「ええと……友達です」

(純也のことでお金が必要だっていうこと、まだ話してないし。なんか話題にしづらい)

小さな嘘をついてしまったことを見抜かれるかと思ったけれど、公輝さんは特に気にする様子もなく雑誌に視線を戻した。

「コソコソしないで、ここで話せばいいのに」

「そう、ですよね。すみません」

(よかった、勘繰られなくて。いずれタイミングを見て弟のことはちゃんと話そう)

そう思って、私はなるべく早く帰れるようにとこの日はいつもより仕事をテキパキこなした。

(水は飲んでるかな？　着替えはできてるのかな……あ、洗濯とかも溜まってそう)

つい純也のことばかり考えてしまって、公輝さんが訝しげな目で私を見ていることに気がつかなかった。

「お疲れ様でした。すみません、今日は一旦上がらせてもらいます」

「……まだ十七時だけど」

「一応定時です。公輝さんがマンションに戻られる頃には夕飯はできるようにしてますので」

食事は基本五島さんの作り置きをいただいているのだけれど、たまに公輝さんから私の手作りが食べたいという要望があれば作ることもある。

今回はその要望があったので、ちょっと急ぎで行動しなきゃいけない。

「夕飯はマストじゃないけど……まあ、そういうことならいいよ」

「ありがとうございます！」

ぺこりと頭を下げ、小走りに事務所を出る。

途中純也に容体を確認しつつ、欲しいものを聞いたりしてスーパーで買い物をした。

（桃缶好きだったっけ。あとは……おかゆ用のササミとネギと……）

袋二つがパンパンになるほど買い物をし、純也の住むアパートを訪れた。

中は案の定、綺麗とは言えない状態だったけれど、こういうのに慣れている私は冷蔵庫に食料を入れると、スピーディーに片付けをしてからおかゆを作った。

「うんめー……姉ちゃんのおかゆ、やっぱ最高」

「よかった」

思ったより顔色もよく、元気そうな純也を見てホッとする。

（これなら買ってきた食材を食べ終える頃には治ってそうだな）

「薬飲んだら水をしっかり飲んで寝るんだよ」

「わかった。ありがと」

ホッとひと息ついた私は、時計を見てギョッとなる。

（うわ、もう十九時だ！　公輝さんが帰ってくる……夕飯作ってない、どうしよう）

「姉ちゃん、どうしたの」

「ううん、なんでもない。じゃあまたなにかあったら連絡して」

「わかった」

おかゆを食べている途中の純也を残し、私は急いでアパートを出る。

すぐにマンションに戻って夕飯を作らなくてはと、足を早めたその時――

「芽唯」

目の前に公輝さんが棒立ちになっていて驚く。

「どうして、ここに……」

「どうしては俺のセリフだよ。君……男、いたの？」

明らかに怒っている様子の彼を見返しながら、私はそれよりも気になったことを尋ねた。

「まさか、つけてきたんですか？」

「朝からコソコソしている芽唯が悪い」

「っ、コソコソって……」

（ストーカーされるのは迷惑だとか言ってて、自分はこういうこと平気でするんだ）

釈然としない気分で、私は意地を張ってしまい弟のために来たのだと言わなかった。

「契約では、私の恋愛を規制する決まりはなかったかと思いますが」

（可愛くないってわかってるけど、この人の一方的な怒りには応じられない）

「今から恋人を作ることを禁止する」

私の反抗的な態度に腹が立ったのか、彼は有無を言わさない調子で命令した。

「今すぐ別れてきて」

「は？」

「芽唯は俺と婚約してるんだから恋人がいるなんておかしいでしょ。それこそパーティー前にこんなのバレたら示しがつかない」

（こんな時にもお父様の機嫌を損ねることを気にしてばっかり）

「じゃあ私を解雇してください」

意地になってそう答えると、彼は少し考えて首を振った。

「それは承諾できない。芽唯が別れると言えないなら俺が行く」

「えっ、ちょ……」

（本気で純也のところへ話をしに行くつもりだ）

「待ってください！」

慌てて彼の腕を掴んで引き留める。

「このアパートに住んでるのは弟の純也です」

「……弟？」

「そうです。朝、風邪をこじらせたっていうから、薬とか食料を買ってきてあげたんです」

本当のことを話すと、怒りに満ちていた公輝さんの表情がふっと和らいだ。そして、すぐに呆れたようにため息をついて肩を落とす。

「それならどうして朝、そのことを言わなかったの。そういう事情なら、別に仕事だって半休取ってくれてよかったのに」

「……はい」

神妙に頷いてから、私は弟の事情と自分がなぜお給料の多い仕事に就きたがっていたのかを告白した。すると、私がお金目的で仕事をすることに違和感を感じていたらしい公輝さんはそういう理由だったのかと、納得したようだった。

「弟を助けるため……か。芽唯らしいな」

「そうですかね。親は頼れないので……仕方ないです」

「ご存命じゃないのか？」

「健在ですけど、あまり裕福じゃないので」

「まさか親にも仕送りしてるとか」

「いいえ。家の外壁工事の代金を立て替えたりはしましたけど、毎月生活費を送るところまでは私もさすがに無理なので……」

「でもやっぱり資金的な援助はしているんだな」

ふうと息を吐いて、しかめっ面をする。

(なにか変なことを言ったかな)

「とりあえず車に乗って」

「あ、はい」

近くの駐車場に停めてあった公輝さんの車に乗り、私は彼が次に語る言葉を待った。

ハンドルを握る公輝さんはエンジンをかけたまま、発進しないで考えこんでいる。

「あの……私、相当変なこと言ってしまいましたか」

「自己犠牲もここまでくると天晴れだな」

そう小さく言うと、彼は私に対して思ったことを口にした。

「芽唯は自分の人生を生きてない」

「そんなことないです」

勝手なことを言われてさすがにカチンとくる。

「たまたま家族が困るタイミングだっただけで……弟の仕事がうまく回れば私は自分の人生を歩きますよ。それこそちゃんと将来を見据えた相手を探すことだって――」

ムキになって言い返すと、久しぶりに公輝さんは私の言葉を強く阻んだ。

「俺じゃない男を探す気？」

「だ……って、公輝さんは契約上のパートナーでしょう」

(将来は約束できないって言ったのは公輝さんなのに)

一生懸命、彼との将来を諦めようとしている私にとってこの言葉は自分も傷つくものだった。でも、それ以上に公輝さんも傷ついた顔をしている。

「芽唯は……俺でなくてもいいのか」

低い声でそう言うと、彼はやっとアクセルを踏む。

（そんなわけないじゃない。でも……実際あなたとの将来は望めないでしょ？）

膝に置いた手をぎゅっと握りしめ、泣きそうになるのを堪える。

車内には重い沈黙が流れ、私はなにも言葉を発することができずにマンションまでの道のりを長く感じていた。


公輝さんの心が今ひとつ明確にわからないまま数日が経過した。

生活はいつも通り淡々と送っているけれど、私たちの間にはどこかピリついたものが漂っていた。

（どうにもならない関係。どうにもならない将来。先を見ると暗い気持ちになってしまうけど……ここで心が折れてしまうわけにはいかない）

耐えるような気持ちで残りの同居生活をしていると、元気になった純也から嬉しげな声で電話がかかってきた。

『姉ちゃん！　すげーいい彼氏持ったんだな』

「なんのこと？」

『橘さんのことだよ』

突然、純也から公輝さんの名前が出てきたので心臓が飛び上がった。さらに、彼が純也に会いに行ったことを知って声を大きくしてしまう。

「橘さんが純也に投資？」

『そう。資金返済は利益が出てからでいいって契約をしてくれたんだよ』

「ええっ」

（聞いてない。なにその話）

『ほんっと、いい男掴まえたなあ。いつから付き合ってるんだよ？』

「ちがっ、そういうんじゃない。あの人は上司で、私はただの秘書だよ」

まさか純也のために偽の婚約者にまでなっているなんて言えない。それを知ったらきっと申し訳ないって言わせてしまう。

『そうなの？　でもあの人……結構姉ちゃんにマジだと思うよ』

「そう……かな」

『実の弟だし厳しめに見たけど、かなり姉ちゃんのこと大事に思ってる感じだった。だいたい、ただの秘書だったら弟だってだけで俺に大金出さないって』

（幼稚園時代から彼女がいた純也には恋愛への説得力があるな）

それが本当ならいいなと思うのと同時に、自分の弟のために投資をしてくれるなんて。本当になんとお礼を言ったらいいのかわからないくらい嬉しい。

『あの人のおかげで、なんとか会社を動かしていけそうだよ』

「そっか、よかった」

電話の向こうの純也が笑顔になっているのがわかるから、私まで顔が綻んでしまう。

『姉ちゃんも、もう自由になって。これからは自分の幸せのためだけに生きてよ』

「……ありがとう」

もう自分が頑張る必要はないんだと思ったら、ホッとすると同時にふと重大な事実に気がついた。

（純也の資金が大丈夫になったってことは……もう彼の秘書である必要がなくなる？）

そう思った途端、生き甲斐がなくなったような、心に穴が空いたような感覚になる。

（嬉しいはずだった。もうあの無茶な『契約』に縛られることがなくなるんだから）

でも、公輝さんと一緒にいる心地よさを知ってしまった今、契約を解かれることは私にとって嬉しいものではなくなっていた。

自由になるということは、彼と一緒にいる理由が奪われるということだ。

（そんなの嫌……もっとずっと、公輝さんと一緒にいたい）

公輝さんとの生活が終わってしまうことに猛烈な寂しさを感じ、私がどれほど強く彼を想っているのかを思い知った。

電話を切ったあと私は自室を出て、リビングで本を読んでいた公輝さんに声をかけた。

「あの……純也のこと、ありがとうございました」

「聞いたのか」

「はい」

彼は本を閉じると、軽く伸びをして私を見た。

「彼は助ける価値のある人材だ。芽唯の弟だったからじゃない」

なんともひねくれた回答だったけれど、それも彼が裏で活動しているアネモネ案件のことを思うと納得するものがあった。

（理不尽な理由で立ち往生してる人を助けたいっていう気持ちは一貫してるんだな）

私の弟だからという理由じゃなかったことに、私はより一層彼への尊敬を深めた。

「どんな理由だったにしろ、すごく助かったのは事実なので。ありがとうございます」

心を込めてお礼を言うと、彼は居心地悪そうに視線を逸らした。

「そういう他人ぽいのは好きじゃないな」

「どう言えば？」

「近くに来て」

言われるまま隣に座ると、そのまま肩を抱き寄せられて額をコツンとされた。

「弟を助けてもらって、感謝してる？」

「してますよ」

（今の言葉で私の弟だから助けたわけじゃないっていうの、説得力が薄くなったんですけど）

ちょっと呆れつつもなんだか可愛い感じがして、ふっと意地になっていた気持ちが緩んだ。すると彼も釣られたように小さく笑った。

「じゃあ、その感謝を表現してよ。言葉じゃない方法で」

「言葉じゃないって――」

言い終えないうちに唇が塞がれ、続くはずだった言葉は飲みこまれた。

「ん……」

「……芽唯を俺だけのものにしたい。この本心は面接の日に会った時から変わってないよ」

(あんな前から？)

唇を僅かに触れさせながら囁かれた言葉に私は目を見開く。

「芽唯、俺の前では欲しいものをちゃんと口にして。全部与えるから。だからもう誰かのためだけに身を削るのをやめるって約束して」

真剣な声音は私の心深くに染み渡り、嬉しさで涙が滲みそうになる。

(こんなにも私のことを本気で考えてくれた人って今までいたかな……)

公輝さんの真剣な心に向き合った私は、今の望みを口にした。

「私の望み……今欲しいのは公輝さんのすべて。あなたのすべてが欲しい、です」

「そんなことなら、いくらでも」

彼は微かに微笑み、再び呼吸ごと飲みこむような深いキスを繰り返した。

◇　◇　◇

さんざん焦《じ》らし煽《あお》ったせいで、果てたあとの芽唯は気を失ったように眠っている。その寝顔を見つめながら、公輝は彼女の髪をそっと撫でた。

(もう少し優しくもできたんだろうけど、自分でも理解できないような独占欲が湧いて止まらなかった)

髪の先がさらりと指からこぼれ落ちた瞬間、公輝の脳裏にさっきまでの行為が蘇った。

「や……です。こんな格好」

命令されるままに後ろを向いた芽唯が、目を潤ませて後ろを振り返る。

「俺の姿が見えないほうが感じるところもあるんじゃないかな」

取り出した柔らかな布で、そっと彼女の目を隠してやる。うっすら前方は見えるはずだけれど、輪郭はぼやけているだろう。

「これ、したまま？」

「そう。どこに触れられるか想像がつかなくていいでしょ」

言いながら、ふくらはぎのあたりをさすってやる。と、それだけで背中がビクリと反応して、困ったように肩を揺らす。

「な、んか、変です」

「変って？」

「お腹が変な感じ……なんです」

(それは子宮で俺を受け入れたいって言ってるんじゃないの)

そうは思ったけれど公輝はあえてなにもわからないフリで、別の場所を少しずつ触れてやった。たまにはキスも落としたりして、芽唯の反応が激しくなるのを待った。

「も、だめ……なんで」

しばらくして、芽唯は体を突っ伏して小さくうめいた。

「限界？」

「はい」

「じゃあ、欲しいものをちゃんと言って」

「これを……口にするなんて、無理です」

純粋な彼女が欲望に抗えず震える姿はとても美しい。

(俺ってS気質なのは自覚してたけど、芽唯のことは壊したくなるぐらいいじめたくなる)

愛おしさをどう表現していいかわからないほど、公輝はその衝動を持て余しながら彼女の綺麗な曲線を描いた背中をさする。

「ならここで終わるだけ。芽唯が望まないことはしないって約束だし」

「ん……でも」

「でも?」

焦《じ》れるような触れ方をすると、芽唯は可愛い甘い声をあげながら身をよじる。その姿だけで欲しいというサインなのは理解していた。

(でも最後まで言わせたい)

「お願いしてみて」

「お願い……?」

「そう。上手にできなかったら、今日はここで終わりにしてもいいよ」

「……」

全部わかっていての焦《じ》らし。公輝本人も限界だというのに、芽唯をギリギリまで耐えさせたいという欲求が勝ってしまう。

花弁には触れず、ひたすら肌を撫でていると、芽唯は後ろを向いたまま声を振るわせた。

「……ください」

「ん？」

「公輝さんに……後ろから貫かれたい。お願い……きてください」

その姿は本当に限界を超えたものであるのがわかり、公輝は一旦彼女から目線を外す。

(まずい……俺の余裕がなくなってきた)

常に心には一定の余裕を持つことを心がけている公輝だが、芽唯が相手になるとなぜか隠している本音が引き出されてしまう。そのせいで、つい意地悪な対応になったりするのだが、それにめげる様子もない彼女が余計に愛おしいと感じる。

(そんな態度をされると、俺だけのものにしたいと思わされる)

「困ったな。芽唯を壊してしまいそうだ」

「それでもいい。壊してもいいから、全部……ください」

獣の前で身を捧げる小動物みたいだ。愛らしくてふわふわで。

触れたら逃げてしまいそうだから、全部食べてしまいたい。

(芽唯は俺を狂わせる気なのか)

「ちゃんとお願いできたご褒美をあげないとね」

目を覆っていた布を外すと、芽唯の潤んだ瞳が姿を現す。

（たまらなくセクシーだな）

できるだけ余裕を崩さず、公輝は枕の下にしのばせてあった避妊具をゆっくり取り出した。そしてそれの封を歯で噛みちぎると素早く装着し、ギリギリの熱を帯びたそれを彼女の求める場所へ押し当てた。

ぐんっと一気に花壷の奥へ押し入り、公輝は悪魔的な笑みを見せる。

「どう、このご褒美」

「っ……いきなり……そんな……」

「だって、これが欲しかったんでしょ？」

さらに奥を突きながら感じやすいスポットに当たるよう腰を軽く持ち上げた。すると芽唯はそれだけで軽く達してしまったようで、一瞬くたりと力を抜いた。

「もうイっちゃったの」

前屈みになりフルリとした胸も大きな手で掴むように揉むと、微かに苦しげな表情をした芽唯がこちらを見る。

「焦《じ》らす……から」

「でも気持ちいいでしょ」

「ううん、そんなことない」

「でもまだ中は求めてるね。ほら、俺を奥まで飲みこんで離さない」

きゅうと締まっている中でまだ公輝を求めるかのように力が緩まないのは、彼にとって嬉しいことだった。

(芽唯を喜ばせてる……それが俺にとっての快楽だ)

「まだ全然足りないんだな」

耳に口を近づけて囁いてやると、芽唯は全身を震わせながら首を振った。

「違う、これは……違うの。私じゃない……」

「言ってること、めちゃくちゃになってるよ」

「んぁん！」

とろりと潤いが増してきたのを感じ、公輝は遠慮なく奥深くを貫いた。すると芽唯の体は前のめりになり、彼女は倒れまいと自分の体を必死に両腕で支えている。

(倒れても止めてあげないけど)

情熱に火のついた公輝は肌の打ち合う音が大きくなるのも構わず、芽唯を攻め続ける。

「ぁ……ぁっ」

「奥、気持ちいい？」

「うん……きもち……いい」

(可愛いな。これ以上だと痛いかもしれないけど、もっと攻めたくなる)

「芽唯、すごい狭くなってる。いつからそんな淫《みだ》らになったの」

「ん……わかん、ない……」

「わからないわけないけどな」

公輝は自分を求めて秘所を濡らす芽唯を見下ろし、彼女が一瞬でも別の男のところへ行くのかと考えた時を思い出した。

（結果的にあれは弟だったわけだけど……自分でもあり得ないほどの嫉妬心が湧いた。自分の立場もなにもかも忘れて、どんな男だろうと別れさせてやると本気で思った）

そんな自分を発見したのは公輝にも意外だった。

どちらかというと異性には淡白でクールであると自認していただけに、芽唯に対する熱の入り方は普通じゃない感じがした。

（芽唯が一瞬でも俺から離れるかと思ったら狂ってしまいそうだ）

嫉妬心がセックスの快楽を高める効果があるということは知っていた。

相手に対する愛情と同じくらいの許せない感情。愛憎入り乱れるとはそういう感情のことだろうか。とにかく、公輝はそれに近い感情を芽唯に抱いていた。

（俺が見つけた最高に相性のいい女性なんだ……これから何千人、何万人との出会いがあったって芽唯以上の女性はいるはずがない）

その強い思いを確かめるように、公輝は芽唯の体をうつ伏せにさせ、腰から下を繋げるように挿入した。

スプリングの跳ね返しに呼応して芽唯の体が浮いてくる。それを制するかのように、公暉は何度も自分の腰を打ちつけた。

「んっ、あっ……あんっ」

リズミカルに肌が打ち合う音と湿り気を帯びた吐息が部屋を満たしていく。

(たまらない……芽唯を全部支配してると思うと、このまま終わってほしくないとすら思う)

だがその終わりはどうしても幾度かの波の中で訪れてしまうようだ。

乱れる芽唯の後ろ姿は美しく、汗で髪が淫《みだ》らに張りついた肩は真っ白でキスでは足りない衝動に駆られる。

「芽唯……」

「んぁっ」

甘噛みではあったが、肩に歯を立てられたことに驚き、芽唯は目を見開いて振り返る。

「公輝、さん?」

「痛かったかな」

(でもその痛がる様子も可愛いし、中がさらに締まってるのもたまらない)

ぎゅんっと煽《あお》られる感覚になると、不意に公輝の腰の動きが速くなった。

芽唯もすぐにその刺激に没頭し始め、歯を立てられたことはすぐに流されていくように見えた。

「あ……きちゃいます」

「イっていいよ」

(今回は俺も一緒だ)

集中して奥に限界までたぎった熱を打ちつけると、お互いを隔てる距離は果てしなくゼロになり、やがて同じ波が彼らを飲みこんだ。

「芽唯……っ……」

彼女の中が公輝を締めつけてくるのと同時に、体全体が快感に打ち震える。

それまで残っていたわずかな冷静さは失われ、言葉にできない開放感がいつまでも続いた。

(可愛い、愛おしい、離したくない……俺はこの女性に完全にまいってる)

安堵を伴った心地よさの余韻の中、公輝は芽唯を心から愛し始めていることに気づいたのだった。


それからの生活も順調で、私はすっかり公輝さんの専属秘書兼、偽りとはいえ心も伴った婚約者として忙しいながらも幸せな時間を過ごしていた。

「三国さんは期待以上に素晴らしい秘書におなりですね」

柴崎さんからも認められるほどになり、私は今の仕事にお金という目的だけではなく、やりがいを感じ始めていた。

「皆さんと同じように橘さんの力になりたいって思っているので。いろいろ覚えなくちゃいけないことはまだ多いですけど、そういう努力も楽しいって思ってます」

「そうですか」

嬉しそうに目を細めたあと、彼は少し申し訳なさそうな顔で私を見た。

「公輝様との同居も、あと十日ほどですね」

「ええ。パーティーは来週ですし、橘さんの計画通りになるよう私も努力します」

「……ええ、そうですね」

微笑みながら頷く柴崎さんだけれど、どこか私たちの関係には気づいている感じがあった。それでも以前のように「くれぐれも好意を勘違いなさらないように」みたいな、念押しはしてこない。

愛し合うような関係を許してくれているわけではないのだろうけれど、柴崎さんの心にも葛藤があるのかもしれない。

(お父様の気持ちにも寄り添いたいし、公輝さんの幸せも望んでらっしゃる人だから……きっと気の進まない結婚をされることに関しては危惧されているのかもしれない)

私が相応しい相手だとは断言できないけれど、身分とかそういうのを考えないなら、彼への想いは本物だとはっきり言える。

(公輝さんを愛してる……でも、それと彼との将来は別のこと)

器用にはなれない私だけれど、愛している人のためなら多少の無理はできる。それは結果的に自分のためでもあるとわかっているから。

働き出した頃には想像もしなかった気持ちに少し戸惑いながらも、後悔はないと思うのだった。

第七章

公輝さんとの関係がしっかりしたものになり、名実ともに信頼関係のある恋人になれた。

お父様の誕生日パーティーは、あと数日後に迫っている。

緊張していないと言えば嘘になる。これから体験することは秘書としての契約以上のものがあるのも覚悟している。

(できれば祝福してもらうほうが嬉しいけど、それは私たちの場合無理なんだ)

ずっとお父様との衝突を避けてきた公輝さんにとって、演技とはいえ望まれた女性ではない人を選んだという事実を納得してもらうことはとても大変だと思う。そのために一生結婚はしないと決めていたくらいだから。

(本当のパートナーならどんなに嬉しいか……。でも、今は心が繋がっていると思えるだけで幸せと思わなくちゃ)

一生の間にこんなにも大切で愛おしいと思える人に出会えたことだけでも感謝だ。

将来は期待できないとわかっていた人だし、いずれ別れの可能性があることを覚悟している。

「さて……今日はどの香りにしようかな」

バスルームに持っていくアロマオイルを選ぶ。

今まで自分の五感を満足させようなんて意識したことはなかった。

でも香り一つとっても、自分が今望んでいるものを取り入れるだけで少し癒されることに気がついた。

「うん、今日はイランイランにしよう」

独特の香りだけれど、夜に嗅ぐとどこかセクシャルな気分にもなるこのアロマ。お風呂でゆったりこの香りに包まれると、公輝さんに触れられている時を思い出して幸せな気分になれるのだ。

(自分を大切にするっていう言葉の意味をちゃんと考えたことなかったけど、こうして自分のために時間をしっかり取ってあげるのもそういうことなんだな)

シャワーのあとの湯船を堪能しつつ、私は改めて公輝さんに出会えたことで自分が変化しているのを感じた。


翌日は機嫌よく所長室にお花を飾り、簡単に掃除を済ませてから公輝さんが好む濃さのコーヒーを丁寧に淹れた。

(淹れたてを出したいけど、今日は午後出勤だからポットに入れておこう)

新鮮な豆の香りを楽しみながら鼻歌をうたっていると、いつの間に給湯室に入ってきたのか、後ろで柴崎さんの声がした。

「ご機嫌ですね」

「あ、柴崎さん。おはようございます」

（わあ、歌ってたの聞かれた）

照れながら振り返ると、彼は私をまじまじと見つめてからふっと微笑んだ。

「お綺麗になられましたね」

「えっ、そうですか？」

「ええ。それはもう……公輝様の寵愛《ちょうあい》を受けているのがよくわかります」

「っ！」

柴崎さんは責める様子もなくそう言い、彼とのことについて話したいと言った。

（やっぱり柴崎さんの目を誤魔化すことはできなかったか……）

「わかりました」

私はドリップの終わったコーヒーをポットに入れると、給湯室を出て所長室へと戻った。

初めて面接した時と同じソファで向かい合いながら、私たちは当時のことを少し懐かしく語っていた。

「まさか三国さんがここまで頑張られるとは思いませんでした」

「それは柴崎さんの洞察が鋭かったということですよ。公輝さんとの相性がよくなければ務まらない お仕事だったと思います」

（実際、多くの履歴書から私一人を選んだのは賭けに近いものもあったと思うし）

柴崎さんは恐縮するように首を振って、膝の上で手を組んだ。

「相性のよさまでは見抜けても、そこから先……愛情にまで行き着くとは想像もしておりませんでした」

「…………」

一ヶ月だけという約束の同居だったけれど、結局私たちは愛し合うようになってしまった。柴崎さんが一番避けたいと言っていたことだっただけに、やっぱり申し訳ないという気持ちが大きくなる。

「すみません、私……絶対そんなことにならないってお約束までしたのに」

(信じてくれた柴崎さんを裏切ってしまった)

「とんでもない。謝らないでください」

うなだれる私の顔を上げさせて、柴崎さんは苦笑した。

「こうなることは、公輝様が同居を言い出した時からわかっていましたよ」

「そう、なんですか？」

「それはそうでしょう。あんなに警戒心が強くて女性を近寄らせない方が、一緒に暮らしたいとおっしゃるのだから……もうお心は三国さんにあるのだと確信しましたよ」

(そっか。それがわかっていて、柴崎さんは黙って見守っていてくれたんだ)

もっと強く反対して、私を事務所から遠ざけることだってできたのに。柴崎さんはそうしなかった。

それは、柴崎さんが公輝さんを心から信頼しているということなのかもしれない。

「橘家のことも大切に思っておりますが、公輝様を小さい頃から見てきた私としましては、やはりあの方の幸せをなにより強く願っているのだと気づきました」

「公輝さんの……幸せ」

「ええ。ちょっとした事件があって、あの方の心の深い部分は固く閉ざされてしまいました」

事件というのは、やはりお姉さんのことだろうか。

私は公輝さんに対してちょっと気になっていることがあって、それを柴崎さんに相談した。

「寝言、ですか」

「はい。うたた寝の時とかもなんですけど、〝姉さん〟って苦しそうに口にすることがあって……本当に辛そうなんです」

「……以前より悪くなってますね」

眉を寄せて深刻そうな顔をしてから、柴崎さんはふと私を見る。

「三国さんは公輝さんにお姉様がいらっしゃることはご存知なんですか」

「ええ。強く影響を受けたというのはお聞きしました。でも大人になってなにがあったのかは語ってはくれてません」

(公輝さんからは裏切られたということしか聞いていないから、実際どんなことがあったのかもわからないし)

「仲違いしてしまった理由はあるんでしょうけれど、あんなに苦しんでいるのを見ると……ちゃんと和解したほうがいいんじゃないかって思いまして」

「そうですか……確かにそうですね」

柴崎さんは言おうかどうしようか迷う様子を見せたけれど、私の目を見て深く頷いた。

「もう三国さんは公輝様にとって他人ではないようですのでお話ししてもいいでしょう」

こうして語られた、公輝さんとお姉さんの間に亀裂が入った理由は、思っていたよりも深刻だった。

「お姉様は香子《きょうこ》さんといいまして、利発で美しい方です。公輝様とは十も年が離れていらっしゃったので、お母様の役割も兼ねてらっしゃいましたね」

「公輝さんのお母様は……」

そういえば、彼のお母さんの話は聞いたことがなかった。お父様が厳しくて子どもの頃から窮屈だったということしか知らない。

「お話しになっていないのですね。奥様は公輝様が三歳の時にお亡くなりになっていて、彼は母親の存在には縁遠い方なのです」

「そうだったんですね」

(それでお姉さんの存在がとても大きいんだ)

私の解釈したことを肯定するように頷き、柴崎さんは続ける。

「旦那様は橘の家名を守ることに一生懸命な方で、公輝様に対しては厳しすぎるほどの教育を施されました。従順な性格だった公輝様は、中学に上がるまでは大人しいお子さんでしたね」

「従順で大人しい……」

寡黙《かもく》ではあるけれど、従順というのは今の彼からは想像がつかない。

「今思えば本音を抑圧されてお苦しい時間だったと思います。それを察した香子様が公輝様に橘を出てもいいのだということをお教えになったのです」

「弁護士を一緒に……と、誘われたんですよね」

「ええ。イギリスへ留学に行っている間にその話をされたようで、帰国と同時に公輝様は猛烈な勉強をして司法試験に合格されました」

「一念発起すると本当にすごいパワー出すんですね、あの方って」

驚きのあまりそう言うと、柴崎さんは当時を思い出されたようでクスリと笑った。

「争いごとの嫌いなお優しい公輝様が弁護士だなんて、私は最初反対したんですよ」

「そうなんですか」

「ええ。でも公輝様にとって香子様と一緒に事務所を経営していくことは一つの夢となっておりましたし、弱い人の立場に立つ弁護士になる、という香子様のお考えにも賛同されておりました。だから私の反対など聞くはずもなく……」

(そっか……それくらい希望を見出してた道だったんだ)

「そんな素晴らしいお姉様に裏切られたってどういうことなんですか？」

「それは、ですね」

少し言いにくそうにしながらも、柴崎さんは覚悟を決めたようにその事件のことを話してくれた。

事務所の設立を準備している中、先に弁護士として活躍していたお姉さんはクライアントであった既婚者の男性と恋に落ちてしまったのだという。当時、同僚の弁護士と婚約までしていた彼女はそれを破棄してまで、その男性と一緒になることを望んだという。

「あ、もしかして法廷でお会いしたあの弁護士さん？　東原さん……とか言ってたような」

「そうです、その方です。あの方はまだ香子様をお好きなようで、その未練を公輝様にぶつけていらっしゃるようです」

（そういうことだったんだ……）

当時の公輝さんは婚約破棄には反対で、なんとか円満に収まってほしいと願ったようなのだけれど、結局お姉さんは新しい恋人と駆け落ちしてしまったという。

「それが裏切り……」

「自分の声が届かないことにもガッカリされてましたし、準備していた事務所も香子様は経営から外れる決意をなさったのです」

「事務所、一緒にできなかったんですか」

「なにせ行方知れずになってしまいましたので。公輝様もやけになってすべてを投げ出す寸前だったのですが、私が説得して開業にまで持ちこんだのです」

抜け殻のようだった公輝さんだけれど、弁護士としてやっていくということにはまだ未練があったようで、柴崎さんの説得で今の事務所を立ち上げたようだ。

「ですが、お姉様のいない状態での経営でしたので。当時考えていたような、弱い人に寄り添うというコンセプトでなく、高額な依頼料に応じられる財力を持った方を主に対象とするようになりました」

「……でも、アネモネ案件を残したということは、お姉様の意志を完全に無視されたわけじゃないんですよね」

柴崎さんは私がアネモネ案件を知っていたことに驚いたようだけれど、結構初期の段階で金城さんから聞いたと伝えると肩の力を抜いた。

「そうでしたか……そうです。公輝様は意地を張ってらっしゃいますが、やはり今でも香子様と一緒に事務所をやりたいという願いは完全に忘れてらっしゃるわけではないのです」

「そうなんですね」

『この世に信じられる人間なんかいない』

そう言っていた公輝さんの本当の気持ちは『もう一度誰かを信じたい』ということだったのかもしれない。

「公輝様はこのままずっとお一人なのだろうかと心配していた矢先、三国さんが必然だったかのように現れました」

こんなふうに言ってもらえるのは嬉しいけれど、やっぱり恐縮してしまう。

お金の工面をしたくて給料が高いというだけでここを選んだのだ。こうして縁が結べたというのは、本当に偶然が重なったのだと思う。

「私も事務所の方々には助けられましたし、こちらにご縁があって本当によかったです」

言いながら笑顔を見せると、柴崎さんも柔和《にゅうわ》な笑みを浮かべて頷いた。

「公輝様にはあなたのような人が必要だったのかもしれませんね」

そう言って、彼は私に一枚の名刺を差し出した。そこには『永井香子』とあり、どうやら今話していたお姉さんの名刺のようだ。

「香子様は私にだけ暮らしている場所を教えてくださっていまして」

「そうだったんですか」

（やっぱりお姉さんも柴崎さんへの信頼は絶大なんだな）

「今のご住所は名刺の裏に書かれています。もしご連絡を取りたいというような事態がございましたら……」

（これは柴崎さんの持つ情報の中でもきっと、トップシークレットに違いない）

私は名刺の表と裏を確かめてから、丁寧に自分用の名刺ホルダーに入れた。

「公輝さんのために、なにか行動したいと思います」

「はい。おそらく私ではできないなにかを貴方はしてくださると思います。よろしくお願いしますね」

「はい」

連絡先をもらった私は、余計なお世話と思いつつ公輝さんのお姉さんに手紙を書いた。自分は公輝さんの秘書であり恋人であること、公輝さんがお姉さんの意志を継いでしっかり法律事務所を開いていること、アネモネ案件のこと、今も多分お姉さんに会いたいと心の底では思っているような気がすること。

（バレたら怒られるだけじゃ済まないだろうな）

それどころかお姉さんとは面識もないし、読まれることはないかもしれない。

でも今の私が公輝さんにできることはしたい。その一心で、私は結構厚みが出てしまった封筒をポストに投函した。


六月最初の週末。

季節が移り変わっているのか、少しずつ雨の降る日が多くなってきた。

そんな中、とうとう公輝さんのお父様の誕生日パーティー当日となった。

私は彼が用意してくれたドレスを身につけ、自分史上最高のおめかしをした。ドレスと指輪以外は自分で気に入ったアクセサリーをつけ、髪型も自分が好きなアレンジをしている。

「うん、いい感じ」

それでもやっぱり今後の展開を考えると緊張してきてしまう。

(笑顔、笑顔)

鏡に向かって意識的に笑顔を作ってみると、不思議と少しだけ気が楽になった。

「いいね、その笑顔」

「わ……」

後ろから腕が回り、そのままぎゅっと包むように抱きしめられる。

安心するその背中の感覚に、私はホッと息を吐いた。

「今日はよろしく」

「はい。好印象になるようにします」

「いや、無理しなくていいよ。癖の強い人ばっかりだから、あんまり気にしないで笑顔でいてくれたらいいから」

「はい」

とはいえ、嫌われてしまっても意味がない。

(悪い印象は残さないようにしたいな)

結婚の約束こそしていないものの、私たちはもう離れることを考えられないほど大切な関係になっていた。

だからこそ、このパーティーは無事に終わらせたい。

こうして訪れた、パーティー会場である某高級ホテル。

そこはロビーに有名華道家の生花などが飾られており、一般の人間が気軽に利用できる場所じゃないのは一目でわかった。会場に入ると、全体が季節の花で飾られていて、まるでこれから結婚式でも始まるかのようだ。

(さすがホテル経営をされている方の誕生日パーティーだなあ。豪華というか、派手というか……)

口実はお父様の誕生日パーティーだけれど、やっぱり公輝さんのお相手を探す場だというのは参加者の雰囲気でなんとなくわかる。招待客のリストを見せてもらったけれど、あまり見たことのない苗字のほうが多い。どうやら公輝さんと同じように、昔から高貴な家柄の人が多いようだ。

(この中にいて私、大丈夫だろうか)

あまりボロが出ないよう笑顔だけ浮かべて公輝さんの隣を歩く。すると、彼が足を止めて小さく私に囁いた。

「父に挨拶するけど、気の利いたこと言わなきゃとか思わなくていいから」

「は、はい」

頷いて視線を上げると、少し先にこちらを厳しい目で見つめる初老の男性が立っていた。目元は公輝さんにそっくりだけれど、その鋭さは彼の比ではない。

（目を見ただけで震える……公輝さんが恐れているだけあって怖そう）

「父さん、誕生日おめでとう」

「ああ、公輝。来てたのか」

公輝さんを見て目を細めた一方で、私の存在はまるでないもののように視線が向かない。

「こちらが話をしてあった恋人の芽唯さん。俺の秘書をしてくれてる」

公輝さんが場をとりなそうと、私を積極的に紹介してくれた。チャンスを逃さないようにと私も挨拶をする。

「はじめまして。三国芽唯です」

挨拶をしても、お父様はやはり私には視線を向けなかった。

（これは……無視？）

冷たい当たりを覚悟していたが、まさか存在自体を否定されるとは思っていなかった。さすがにショックが大きく、いたたまれない。

（私のことは一切認めないっていうことなんだ）

胸がヒヤリとするけれど、その場から去るわけにもいかずそのままそこに立ち尽くす。

「最近仕事はどうなんだ」

「おかげさまで順調です。いい秘書も得ましたし、心配いりません」

「順調だなど、私の会社を超えてから言え。まだまだ世間知らずのお前とは、いずれしっかり将来のことを話さなくてはならないだろう」

「……はい」

まるっきり彼の仕事ぶりを理解していない様子のお父様に対し、公輝さんは悔しいだろうに口答えせずに頷いた。

「だいたい秘書は柴崎で十分だろう。不要な人件費は抑えるのが経営者の鉄則だ」

「っ」

はっきり私に対する反感を感じ、心臓が縮みそうになる。でも、公輝さんはその言葉にはしっかりと反論してくれた。

「芽唯さんは優秀な女性です。柴崎とは違う視点で俺を支えてくれてるので。そこには口出しはしないでもらいたいです」

「……ふん」

はっきりと抵抗を示した公輝さんに、お父様は不愉快そうに鼻を鳴らした。

（ものすごいプレッシャー……同じ空間にはとても何時間もいられない）

正面からの喧嘩は避けたいと思う彼の気持ちにも頷けた。

（公輝さんは名家ならではの特殊な苦労をされてきたんだな）

それはこのパーティー会場に漂う独特の空気で察することができた。早くこの場を離れて、新鮮な空気を吸いたいと思ってしまう。

でも、居心地の悪さはお父様と離れたあとも続いた。

「公輝さん、先日雑誌にインタビューが載ってらっしゃいましたね」

「そうでしたか。お読みいただきありがとうございます」

「公輝様、今度一度お食事をどうかしら」

「あいにく忙しいもので。申し訳ありません」

綺麗に飾り立てた女性が、次々と彼に話しかけてくる。公輝さんは丁寧に断っているものの、こういう場は慣れているのか全く感情が入っていない。

（前は冷たいなと思ってたけど、これだけアピールされると気のある素振りを少しでもしたら大変なことになるのが私でもわかる）

明らかに公輝さんに気に入られたくて、その場にいる女性の熱い視線はほとんど彼に向いている。

（しかし……予想はしていたけど、こんなにも……とは）

公輝さんの隣にいる私に降り注ぐ冷ややかな視線。痛みを感じるほどの強烈な敵意が向けられている。〝どうしてあなたなの〟という思いが嫌というほど伝わってきて、全身が緊張でこわばってくる。

（上手な言葉で場の空気を良くするのも難しそうだし。どうしよう、想像以上に辛い）

笑顔が引きつってきた頃、公輝さんが私の様子に気づいて声をかけてくれた。

「芽唯、大丈夫か。調子悪い？」

「ん……あんまり長くはいられないかも、です」

（ごめんなさい。もっと頑張れると思ったんだけど）

申し訳なく思ったのだけれど、彼は理解してくれたみたいで軽く頭を撫でて微笑んだ。

「あと十分で出る。最後に挨拶したい人がいるから、ここで待っててて」

「はい」

（公輝さんはもっと長くいるべき人なんだろうけど。迷惑かけちゃったな）

申し訳なく思いつつもホッとした私は、大人しく会場の隅に移動してジュースを口にしていた。

すると突然、一人の女性がよろめいた反動で私の肩にぶつかった。

「あっ」

弾みでグラスが揺れ、紫色のシミがピンクのドレスに広がった。

「ごめんなさい。大丈夫でした？」

まばゆいほどのドレスをまとった女性が私の顔を困ったように窺った。漂ってくる香水の香りは雅で、女性らしい匂いとはこういうものかと思う。

「あの、大丈夫でしたか」

「あ、はい。ちょっとジュースがこぼれたくらいで」

（うっかりぶつかることは誰でもあるし）

ハンカチを取り出してシミを拭こうとすると、女性が急いで自分のバッグからハンカチを取り出して私に差し出した。

「こちら、使ってください」

「ありがとうございます。でも汚れてしまいますよ」

「いいんです、返さなくていいですから」

ぎゅっと手を握ってハンカチを渡してくれるので、私は素直にいい人だと思ってそれを受け取った。すると、彼女は私の足元を見つめながら独り言のように呟く。

「このホテル、床が古くてバランスが取りにくいんですよ。綺麗な絨毯を敷いたって、下のでこぼこは隠せないのに」

「そう、なんですか」

「あら、変なことを言ってごめんなさい。シミ抜きは早めがよくってよ」

浮かべたその人の笑顔には強烈な敵意が宿っていて、私は返事もできないまま背筋を凍らせた。

（今のって遠回しに私のことを言ってた？　綺麗な絨毯ってドレスのことで、でこぼこの床って私のこと？）

一瞬親切そうに映るその人の態度や言葉が、じわじわと胸の中で黒く変化していく。

ドレスに広がったシミは目立っていて、もうこの場にいたくないと思わせるに十分なものだった。

考えすぎかもと思うが、周りの女性の視線がとても冷たいものだと改めて感じる。

「気持ち悪い……」

お腹がムカムカとしてきて、本当にその場でしゃがみこんでしまいそうになった。

すると公輝さんが駆け寄ってきて私の顔を見下ろした。

「なにかあった？」

「…………」

無言の答えに彼は頷き、私の背中に腕を回した。

「一人にしてごめん。大事な人への挨拶は済んだから、帰ろう」

「すみません」

「謝るのはこっちのほうだ、嫌な思いをさせてしまった。ここまで付き合ってくれてありがとう」

いつもよりずっと優しい声でそう言うと、彼は他の方の引き留める声にも応じないまま駐車場へと向かった。


マンションに戻った私は、公輝さんに抱えられた状態でソファに座らせてもらった。

「もう大丈夫だから」

「……はい」

（心配かけてるな。でも正直、想像よりずっと公輝さんのいる世界は私を拒絶しているのを感じた）

会場で受けた冷ややかな視線を思い出し、車の中で一度落ち着いた胸がまたざわめき出す。

笑顔で先のことを考えようと思っていたのに。あの空気を体感してしまうと、とてもそんな気持ちにはなれない。

(時間をかければって思ってたけど)

「私じゃ……無理……なのかな」

思わず呟いた弱音に、彼は間近で視線を合わせてくる。

「なにが無理なの」

「公輝さんのパートナーとして、将来も一緒にいること……です」

それは契約通りこのパーティーが終わったら別れようと言っているようなものだった。

公輝さんにもそれは伝わったと思うのだけれど、彼はなぜか笑顔を浮かべる。

「時間はかかるだろうけど、きっと父さんも理解してくれる」

「理解……」

その言葉には、私との将来を見すえてくれている心が見えて嬉しかった。嬉しかったけれど……

(目も合わせてくれない人に理解されることってあるのかな……二人だけではどうにもならない問題もあるんじゃないのかな)

黙って現実を見つめる私を抱きしめ、公輝さんは耳元で切なげに言う。

「芽唯は一生俺のものでしょ」

「私はものじゃないです」

「うん。そうやって突っかかってくれたほうがいい」

ふっと優しく笑った顔が愛おしくて、思わず胸がいっぱいになる。

(ただ好きなだけじゃ一緒になれないのは、どうしてなんだろう)

「芽唯……」

公輝さんは目尻に浮かんだ涙を拭ってくれ、頬にそっとキスをした。

「ラッキー体質な君を手に入れた俺は、誰よりもラッキーだ」

「なんですか、それ」

「俺は芽唯以外考えてない。誓うよ」

優しい笑みを浮かべる公輝さんを見ていたら、私も自然に笑顔になる。すると、不安だった気持ちが少しだけ和らいだ。

(やっぱりこの人から離れるなんて無理)

「私も公輝さんだけです」

「知ってる」

笑顔のままキスを重ねられ、固まっていた気持ちがふんわり柔らかなものになっていく。

(ああ、もう。こうやってまたこの人の魅力に流されるんだ……)

でもそれも自分で選んだことなのだと思うと、未来がどうであれ後悔はないように思った。

「芽唯」

「公輝さ……ぁ……」

薄く開いた唇に舌先が触れ、それを恐る恐る迎え入れる。途端、絡め取るように舌はうねって熱を重ねた。

吐息と粘膜の水音が耳に届く度に、背中から腰の辺りにビリビリとした刺激が走る。

「はぁ……はぁ……」

キスだけでくたくたになった私を見て、公輝さんはそっと体を離してドレスの後ろにあるジッパーを下げた。ひんやりと風の入ってきた背中に温かな手が添えられる。

「あっ」

「せっかくのドレスだけど、汚れもついちゃったみたいだし……脱ごうか」

すぽんとドレスが脱がされ、一気に肌着だけの姿になる。その格好に恥じらう暇もなく、彼はネクタイを緩めて私の首筋に吸いついた。

「ふ……っ」

「首筋……あと、ここだっけ」

「やぁ」

這い上がったキスが耳を捉え、キスと一緒に艶のある吐息を吹きかけられる。ゾクゾクっとしたあとに背中から下腹部にも甘く痺れが走って、どうしていいかわからなくなった。

(この感覚、前にも……)

ショーツが濡れてしまっているのが自分でわかるほど、彼のキスと吐息は私の理性を狂わせてしまう。

耳に執拗《しつよう》なキスを繰り返しながら、公輝さんはスッとショーツの中へ指を入れた。ビクンと体が飛び上がり、恥ずかしさと心地よさが同時に襲ってくる。

「ぐっしょり……いつから濡れてた？」

「聞かないでっ」

「でも声をかけると、中からもっと溢れてくるけど」

「〜〜〜っ」

「いつからこんないやらしくなったかな」

「あぁ……」

ぐっと指を奥まで差し入れられ、反動で彼の背中にしがみつく。止めてほしいとはとても言えない快感で、足の指先までビリビリと痺れている感じだ。

(気持ちいい。公輝さんの声と吐息と……香りが……すごく感じさせられる)

刺激を受けている場所だけが心地いいんじゃない。

耳と一緒に息のかかるうなじや背中にも同じくらいの心地よさがある。指で触れられたら、背中だけでもイッてしまいそうな……

「何度でもイかせてあげたいけど、俺も今日はちょっと余裕ないんだ」

指を抜いて自分の服を脱ぎ捨てると、彼は避妊具をつけて私の腰を抱き寄せた。そして自分の太ももに乗せると、向かい合うような形で抱きかかえた。

視線を合わせるのが恥ずかしい。

「このまま芽唯を見ながらしたい。いい？」

「……はい」

太ももをそっと持ち上げられ、ゆっくり彼の硬くなった場所へと誘導される。

「ん……あぁっ」

最奥に熱が届いたと思うと、体ごと激しく揺さぶられた。

ゆっくり中を突かれる度に、たまらず声がもれてしまう。

「あっ……ん」

これ以上ないと思っていたさらに奥を貫かれ、一瞬気を失いそうになる。

全然優しくない行為なのだけど、そこには乱暴なものはなくて。なぜかたまらなく切ない気持ちになる。

（やだな……いじめられるのが好きだなんて）

M気質だよねと言われたのは随分最初の頃だけれど、きっとその時から公輝さんは私の性的な傾向まで見抜いていたんだろう。

「考えごとする余裕あるんだ」

「ちが……あっ、あっ」

打ちつけるように腰を動かされ、ずっと遠くにあった波のようなものが大きくなって急激に近くまでせり上がってきた。

「あ、やだ……イっちゃう」

「いいよ、一緒にイこ」

パンッと深く腰が打ちつけられた瞬間、頭が真っ白になるほどの快感が体中を包んで抜けていく。

「あぁ……っ」

自分の口から明らかな嬌声が飛び出し、恥ずかしさも忘れるほどの快感に涙が出た。

(気持ちいい、幸せ……好き……愛してる)

あらゆる愛情の言葉が頭をよぎり、私は公輝さんの肩にしっかりとしがみついた。

「芽唯……愛してる」

彼も達したのか軽く背中をびくつかせながら、私を背中から抱きしめてくれる。距離はゼロになったというようにぴたりと密着し、私たちはしばらくそのまま抱き合っていた。

「公輝さん……ずっと一緒にいたい……です」

「……ん」

(でも、私たちの間にはまだまだ問題があるんだよね)

それはわかっていたけれど、なにか道はないかと必死に探ってしまう。

「俺も黙って言いなりになるつもりはないし……芽唯と一緒にいられる道を探すよ」

「本当、ですか？　嬉しい」

どうなるかわからない未来だとしても、希望の光が見えたことは確かだった。私は満ち足りた気持ちで公輝さんの頬にキスをした。

「大好き……愛してます」

(こんなに満たされた気持ちになる世界が……この世にはあったんだ)

達したあとも下腹部や腰の辺りにはじんわり熱が広がり、私はしばらく快感の余韻に浸っていた。

第八章

一ヶ月だけの同居という契約は無効とし、私たちはパーティーが終わったあともごく自然に一緒の生活をしている。お父様に許してもらえる手段はまるで思いつかなかったけれど、今の生活を脅かされるようなことはなかったから、とりあえず安心して過ごせている。

（お姉さんとの関係がうまくいったら、少しは違うのかな）

そんなことを考え、私は返事のこない手紙を再び書いていた。使っているのは面接の時に交換した公輝さんの万年筆で、これで想いが少しでも伝わればと願っている。

「一度でいいので、どうぞ事務所に訪れてください。きっと皆さん歓迎を……」

締めの言葉を書いたところで一旦筆を置く。

（集中して書いたら肩が凝ってしまった）

「宛名書きの前に、ちょっとリフレッシュしよう。お茶……水でもいいかな」

給湯室に常温で置いてある水をコップに注ぎ、部屋に戻ると——

「これなに？」

「っ！」

滅多に私の個室には入らない彼が、まだ封筒に入れていない便箋を手に怖い顔をしている。この様子だと、きっと内容まで読まれたのに違いない。

（怒るのもわかるけど……勝手に読むのはマナー違反だよ）

私は一つ呼吸を置いて、彼を強く見つめた。

「なにかご用でしたか」

「そんなことはどうでもいい。どうして君が姉さんに手紙を書いてるの」

（やっぱり読んだんだ）

確かに私がしたことは余計なお世話なのだろう。

でも、こんな頭ごなしに怒られるのは納得いかない。

「この文章の感じだと、前にも一度出してるね」

「……手紙を勝手に読むなんて酷いです」

「勝手なのはそっちだろ。なんの権利があって俺の問題に深入りするわけ」

そんなふうに言われてしまうと、私は公輝さんにとってまだ信用できない人間なのかと悲しくなる。

（公輝さんと喧嘩するのは嫌だけど、これはいずれ言わなくちゃいけないことだったのかもしれない）

私はお姉さんのことは柴崎さん聞いたこと、仲直りのきっかけを作りたいと思ったことなどを話した。

すると彼は苦笑しながら便箋をくしゃりと握りつぶした。

「なにするんですか！」

「柴崎が味方についていればなんでもするの？　この問題は柴崎だって触れないでいることなんだけどな」

「……私がどうにかできると思ってるわけじゃないんです。ただ、お姉さんとの関係が、公輝さんを一番苦しめているように感じるので……」

「俺は一度でも姉と和解したいと言ったことあった？」

「いえ。でも、アネモネ案件はお姉さんの意志を継がれたからですよね」

私がアネモネ案件まで知っていることに驚愕した公輝さんは、握りつぶした便箋をそのままゴミ箱に捨てた。

「……悪いけど、しばらく君の顔は見たくない」

「公輝さん……」

「俺は頭が冷えるまで所長室に泊まる。君は普段通りに過ごすといいよ」

出ていく公輝さんの背中は冷ややかで、こんなにも彼を怒らせてしまったことが私の胸を震えさせた。

（自分に自信を持てと言われたけど。こんな状態で、自信を持っていられるほど私はまだ強くない）

公輝さんが帰らなくなったマンションで過ごす生活を考えると思った以上に辛く、私は彼との関係性に大きな亀裂が入ったのを感じた。

そんな言い争いのあった翌日、私はいつもより遅めの時間にマンションを出ていた。

当然のことながら、昨日から公輝さんとは一言も言葉を交わしていない。

「はぁ」

事務所はもう目の前で、あと数十歩も歩けばビルの入り口だ。

ここまで来ておいて、引き返したくなる。

(朝は頭が痛いとか見え見えの仮病使っちゃったけど、これから事務所でどんな顔をして会ったらいいんだろう)

「はぁ……」

二度目の深いため息をついた時、道路の向こうからすごい勢いで女性が歩いてくるのが見えた。

(あの人……まさか、公輝さんをストーカーしてた人……?)

しばらく姿を見せなかったから、諦めてくれたものと思いこんでいたけれど。相手の表情を見るととてもそんな感じじゃなかった。

事務所のあるビルまであと数メートルというところで、彼女は私の前に立ち塞がった。

「今日は一人なのね」

なぜか私には驚くほどの高圧的な態度で、彼女は睨んでくる。こういう視線はパーティー会場でも浴びたけれど、やっぱり気分のいいものじゃない。

(でも公輝さんの秘書として失礼な態度はとれないし)

「……こんにちは」

仕方なく挨拶をして頭を下げると、彼女は不快な表情をあらわにした。

「ムカつく……あんたが毎日公輝さんの近くにいるかと思うと、イライラして眠れないのよ」

「……………」

(逆恨み？　理不尽すぎる……どうしたら理性的に話してくれるんだろう)

私が言葉を発しないのが癪《しゃく》に障ったのか、とうとう彼女は私の腕を掴んだ。その強さに軽く恐怖を覚える。

「なにを……」

「あんた、どっか消えてよ！」

「痛っ」

強く体を押された感覚があって、ヒールを履いていた足がバランスを崩した。

あっと思った時には体を支えることもできず、コンクリートの上に倒れこんでいた。

「芽唯！」

公輝さんの声がして、駆けつけてくる足音が聞こえた。

(公輝さん……？)

夢でも見ているのかと呆然となるけれど、目の前で手を差し伸べているのは確かに彼だった。

「大丈夫か」

「は、はい。ちょっとバランス崩しただけなので」

すぐに立とうとするのだけど、打った場所が痛すぎて力が入らない。

「俺に掴まって」

「ありがとうございます」

差し出された手に掴まってゆっくり立ち上がると、公輝さんは青ざめている女性に視線を向けた。

「なにをしたか自分でわかってる？」

今まで見たこともないほどの怖い顔で女性を睨む彼を見て、女性は震え始める。

「私……ごめんなさい。こんなことするつもりじゃ……」

「あなたの謝罪には説得力がない。これは立派な傷害罪だ」

今までになく相手を責める口調に、私も一瞬凍りつく。

(訴えるつもりなの？)

「公輝さん、落ち着いてください。敵を作ってはだめです！」

縋《すが》りついて止める私を、公輝さんは理解できないといった顔で見る。

「こんなのを繰り返して何度目だと思う？　しかも今回は芽唯に危害が加わった……」

彼は軽く頭を振って女性に向き直った。

「これが最後の警告だ、もう二度と俺たちの前に現れるな」

「ひっ」

公輝さんの凄みに震え上がり、女性は逃げるようにその場を立ち去った。

(よかった……大事にならなくて……)

見えなくなるまで去ったのを確認すると、私はその場に立っていられなくなった。

「芽唯っ！」

驚いた公輝さんは私を抱え直し、怪我の様子を見た。血が少し滲んでいるけれど、痛みはそれほどじゃない。

「万が一ヒビでも入ってたらまずい、このまま医者に……」

「いえ」

私は彼の手を握って首を振った。

「痛みはそれほどでもないので、大丈夫です」

「大丈夫なわけないだろ」

彼は眉をしかめると、姿勢を直してから私を横抱きにした。足がブランと宙に浮いて一瞬なにが起きたのかわからない。

「えっ、公輝さ……大丈夫ですってば」

「……震えてる。このままマンションに戻るよ」

「ええっ」

（今出社したばかりなのに）

とは思ったけれど、震える足のままでは事務所の人にも心配をかけてしまう。

そう思い、私は彼の言う通りにした。

ベッドの上で少し擦りむいた膝にガーゼと包帯を巻いてもらい、ようやく安心して体を横たえた。

すると昨日の喧嘩などなかったみたいに、公輝さんは優しく私の頭を撫でて頬にキスをしてくれる。

「怖かったな。俺のせいだ……ごめん」

「そんなこと」

〝ない〟と言いたかったけれど、自然に涙が溢れてきて止まらなくなった。そんな私をきつく抱きしめ、彼は何度も〝ごめん〟と言った。

「もう大丈夫だから。二度と芽唯に手出しはさせない」

「公輝さん……」

震えが止まるまで抱きしめられると、やがて安堵からか強い睡魔が襲ってくる。私は公輝さんに手を握ってもらいながら、やっと訪れた優しい時間に安心して瞼を閉じた。

◇　◇　◇

眠ってしまった芽唯の髪を撫で、公輝は自分の不甲斐なさを悔いていた。

（パーティー会場での芽唯への敵意は俺もわかっていたし、芽唯が怯えているのも知っていた。だからこれからは彼女をしっかり守っていかなくてはとも思っていた）

「なのに俺は彼女を守るどころか、怪我までさせて……」

包帯を巻いた場所を優しくさすり、公輝は下唇を噛んだ。

一人ならどうってことのなかった他者からの攻撃的な圧力だが、芽唯を伴っていた場合にこれからも同じ気持ちでいられるのかと自問する。

(芽唯になにかあったら――)

そう考えるだけで胸が冷えるような感覚になる。

これは姉に裏切られた時の痛みとは別次元のものだった。

(守るべきものができると弱くなる)

香子が弁護士を辞めて公輝の元を離れる時に言っていた言葉だ。

そう、彼女は愛する人とその人との間に子どもを宿していた。そのことが、彼女を駆け落ちするほどに動かしていた。

「すっかり忘れていたよ。そうか、姉さんはこんな気持ちでいたんだな」

(このままだと自分のせいで芽唯にも危害が加わる可能性がある)

そう感じた公輝は、一つの決意をした。


怪我は大したことなく、私は次の日にはすぐ働けるようになっていた。

襲われたことがきっかけで言葉は交わせるようになったのだけれど、どうも公輝さんの様子が変で困っている。

(よそよそしいというか、冷たいというか)

お姉さんに手紙を出したことを許してもらったわけではないから、まだそのことを怒っているのかもしれない。でも、それを謝罪するタイミングもとらせてもらえず、私はどうしたらいいのかとただ困惑している。

「午後から出向く予定の裁判ですが……」

「それは俺一人で行く」

そう告げたあと、彼は驚くべきことを言った。

「そうだ。芽唯、君の秘書としての仕事は今日で終わりだ」

「え？」

「解雇というわけじゃない。第二秘書の仕事はもう必要ないっていう意味だから、これからは事務の仕事を手伝ってくれたらいい」

(でもそれって、もう私でなくてもいい仕事だ。第二秘書は要らない、ということは……)

「私はもう、必要がないという解釈でよろしいですか？」

「そうだね。姉さんに勝手に手紙を出したことも、個人的にまだ許せてない。芽唯を信じきれなくなった」

「そう、ですか」

一旦は事務のお仕事を手伝ってでも事務所にいるべきかとも思ったのだけれど、公輝さんに必要とされていない状態でここに残ることの辛さを想像すると……とても耐えられそうになかった。

「……わかりました」

冷酷だと感じるほど対応が硬化した公輝さんを見て、私は無言の拒絶を感じた。

彼のおかげで自分を低く見る癖は改善されていて、それなりにここで貢献してきた自負はある。

でも、公輝さんが私を必要としなくなっているのだけは冷静に感じ取ることができた。

(お姉さんに手紙を書いたことがそんなにも彼を傷つけてしまったのなら、私のせいだけれど)

善意でしたことでも相手には絶対にやってほしくないことだってあるだろう。そこを越えてしまった私がお節介だったのかもしれない。

一応、柴崎さんにも彼の様子が急に変わったことを相談したのだけれど、困った表情で自分からはなにも言えないとしか答えてもらえなかった。

「潮時……か」

(純也はもう心配のない状態になったし、公輝さんが必要ないというなら……私は身を引いたほうがいいんだろうな)

そう判断した私は、次の日には早々に退職願を出していた。

(公輝さんの態度が私の誤解なら引き留めてくれるだろうし、そうでなければこのまま辞めるだけだ)

覚悟して提出すると、私の僅かな期待も虚しく、しっかりと受理されてしまった。

「いいよ。契約通り頑張ってくれたし、ボーナスもつけておくよ」

「ありがとうございます。もうここですることはないようなので……本日限りで辞めさせていただきます」

「お疲れ様。あと、一応はっきりさせておくけど。同居のほうも同時に解消ってことでいい？」

「はい。荷物は朝まとめておいたので、あとは送るだけにしてあります」

「そう。なら明日には芽唯のアパートに到着するように手配しておくよ。それでいい？」

「ありがとうございます」

言いながらなんだか涙が出てきそうになる。

どうしてこんな急に仕事も同居も解消することになってしまったのか。しかも公輝さんとのお別れまでセットになってしまっているのか。

でも、柴崎さんさえその答えを口にはしてくれない今、私にはそれを推察する術はない。

私は指に馴染み始めていた婚約指輪を外し、ハンカチに乗せて公輝さんの机に置いてお辞儀をした。

「お世話になりました。お元気で」

「君もね。ご苦労様」

最後の挨拶をすると、公輝さんはやっと私を見て少しだけ寂しげな表情を浮かべた。

(そんな顔をするなら、急に私を突き離した理由をちゃんと言ってほしかった)

こんな叶わない思いをひっそり抱きながら、事務所の他の方々にも挨拶する。

「そう……寂しいけど、三国さんが選んだことだものね。元気でね」

「お世話になりました」

名残惜しんでくれるのが有り難く、少しだけ涙が滲んだ。

柴崎さんとは今後も幾度か手続きの関係でお会いするだろうからとあっさりとした挨拶になっている。

（せめて柴崎さんと繋がっていられるのは安心かな）

私はロビーを出ると、半年お世話になった事務所にお辞儀をした。

（履歴書を出した時はこんな展開になるなんて予想もしなかった。なんだか、長い夢を見ていたような気がする）

「今までありがとうございました」

言葉にしてみると急に涙が溢れ、それはそのまま頬を伝って落ちた。

第九章

芽唯が事務所を去ってから、早くも一年半が経っていた。

公輝は以前よりも精力的に仕事をこなしている。以前は事務所とは別に扱っていたアネモネ案件も事務所内で受けるようになり、弱い立場の人へのフォローを表立ってするようになった。

「午後は収益が落ちているホテルについてのオンライン会議が入っておりますが。参加されますか？」

柴崎がそう声をかけると、公輝は凛とした表情で頷く。

「わかった。それまでに書類は片付けられるから、会議には最初から出られると思う」

「かしこまりました」

そう頷いたあと、柴崎はふと心配そうに公輝を見る。

「旦那様との関係も修復されて、事務所も順調ですが……公輝様のお体が心配です」

芽唯と別れてからというもの、公輝は父親との幾度もの話し合いを経て事業を継承する準備を進めた。

それらがすべてうまくいった暁には、正式に芽唯を伴侶として認めてもらう約束を取りつけるまでに至っている。こうなるまでにはまさに一年程の時間を要し、やはり一度は芽唯を遠ざけるのは必須だったと確信している。

「俺は大丈夫だよ。そろそろ姉さんも事務所に戻ってきてくれそうだし、そうなったら仕事の負担はずっと軽くなる」

「そうでしたね」

柴崎は目を細めて喜び、改めて芽唯がしてくれたことがすべて公輝のために生きていると実感していた。

芽唯が香子に出した手紙はしっかり受け取られていて、弟の苦しみを改めて思い直すきっかけになったようだった。

「まさか香子様が弁護士として戻られるとは」

「うん。俺と柴崎だけでは、この展開は無理だったろうな」

晴れた空を見上げ、公輝は長らく会っていない芽唯の顔を思い出した。

『敵を作ってはだめです』

平和主義だった芽唯の言葉は公輝の心深くに刻まれていて、自分がこれまで誰に対しても自分勝手に敵意を向けすぎていたことを反省した。

(姉さんに手紙を書いてくれたおかげで仲直りもできたし、俺にとっては追い風しかないような状態になってる……これはすべて芽唯のおかげだ)

感謝の気持ちを心で呟くと、胸が熱くなり、芽唯に会いたいという気持ちが膨らむ。

「芽唯は元気だろうか」

「ええ。とてもお元気にされてますよ」

柴崎は公輝の命令で週に一度は芽唯の様子を見に行っており、彼女が元気にしているかどうかを確かめていた。

もちろん恋人がいるかどうかまではわからないし、その後彼女がどんな心の変化を遂げているのかは想像もできない。

(元気ならそれで嬉しい。でも彼女に万が一にも恋人なんかがいたら……耐えられるんだろうか)

「はぁ……」

思わずもれたため息を聞き、柴崎は困ったように眉を下げる。

「この一年半、同じため息を何度も聞きました。もう少し穏やかな離れ方はなかったのでしょうか」

芽唯が去った当時のことを思い出し、柴崎は悲しげに言う。それでも公輝はあの時はああするしかなかったと確信していた。

「芽唯は規格外のお人よしだ。俺が抱えている心配を知ったら、別れている間も自分のせいで俺に負担をかけていると考えそうだった」

「そういう方でしたね。ですが、万が一心変わりなどあるとは思われなかったのですか」

「それはない」

断言した公輝の心の裏には強い不安がある。

それが限界の強がりだと手に取るようにわかるから、柴崎はやれやれといった顔で手帳を見る。

「会議後はクライアントのアフターフォローでしたね。そちらは私にお任せください。公輝様は芽唯さんを迎えに行かれてください」

「迎えに？」

「もう会わずにいるのは限界でしょう。それに、今ならお会いしても大丈夫だと私も思いますので」

柴崎の背中を押す言葉に公輝はしばし躊躇《ちゅうちょ》したあと、意を決したように頷いた。

「そうする。ありがとう、柴崎」

（タイミングがわからなかったけど、そうか、今が再会の時なんだ）

ずっとその時を待ち望んでいた公輝は、準備していた計画を実行することにした。


公輝さんと事務所に別れを告げてから一年半、私の中では全く気持ちが変わらないままに日常が過ぎていた。

別れた時は夏だったのに今は真逆の冬。一月の半ばというのもあって、新年を迎えた熱もまだほんのり残っている。

（今年はどうにか新しい仕事の縁があるといいな）

たくさんいただいてしまったお給料のおかげで、私は今まで選べなかった自分の挑戦したい仕事にチャレンジしている。

（キャラクターデザインをするなんて、絶対に夢のまた夢だと思っていたけど。行動していれば

チャンスがあるかもしれない）

そう希望を抱き、コンビニでアルバイトをしながらイラストレーターを養成する専門学校へと通っている。体力的にキツい時もあるけれど、心は常に希望に満ちていて、公輝さんのいない寂しい気持ちをしっかりと埋めてくれていた。

『姉ちゃんもだいぶイキイキしてきたよな』

私が日々を充実して過ごしているのを確かめるように、純也は時々電話をくれる。

弟のゲームは二作目で中ヒットとなり、今は三作目のリリースを期待されている状態だ。

「好きなことをやってると本当にイキイキできるんだね」

『だろ？　よかったよ、姉ちゃんにもそういう世界を知ってもらえて』

（すっかり貫禄も出てきて、私が応援される側になっちゃったな）

純也が元気に活動してくれていて、私にもやるべきことがあって。もうそれだけでにやけてしまうほど幸せだ。

次の恋を探したい気分には全然ならないけど、今はそれでもいいと思っている。

『橘さんにはもう全然会ってないの？』

突然、公輝さんのことを尋ねられてドキッとなる。

「会うわけないでしょ。事務所を退職して、もう一年半だよ」

『ふーん……もったいねえなあ』

せっかく忘れようとしている気持ちを再燃させるようなことを言い、純也は仕事のメールがきたとかで通話が切れた。

(心配してくれるのはありがたいけど、公輝さんの話題を振られるとちょっと落ちこむなあ)

とは思うけれど、そんなに長く気持ちが沈むことはない。

今は自分の人生をしっかり生きたい。それだけを願って、また次のステップのために心を新たにした。


その日は学校帰りにアルバイトが入っている日だった。

「三国さん、私も上がる時間だから途中まで一緒に帰りませんか?」

「もちろん」

一緒のシフトだった穂波《ほなみ》ちゃんとは帰る方向が同じだから、なんとなく流れで一緒に帰ることが多い。

穂波ちゃんは今大学で法律を勉強中の学生さんだ。将来彼女はどんな弁護士になるのかなと思うと、なんだか応援したい気持ちになる。

「穂波ちゃん、最近どう?」

「まあまあです。三国さんはいいことありましたよね?」

「え、どうして?」

「なんかずっとニヤけてましたし鼻歌も出てましたよ」

(わ……鼻歌を聞かれてた)

品出しの時にこっそり鼻歌をうたっていたのを思い出し、恥ずかしくなる。

「実は、私の描いたキャラクターが企業に採用されそうなんだ」

「え、本当ですか？　やりましたね！」

穂波ちゃんはまるで自分のことのように喜んでくれる。

「三国さんのキャラクターが商品化したら、私買い占めますよ」

「ありがとう。じゃあ、穂波ちゃんが司法試験に合格した時は盛大にお祝いするね」

「はい！」

こんなやりとりをしてから、私たちはそれぞれの帰る方向に分かれた。

すっかり薄暗くなった道を歩きながら、ゆっくりだけれど自分の道を切り開けている感じがして嬉しい。

『芽唯は自分の人生を生きてない』

公輝さんにはそう言われたけれど、今の私を見たら少しは見直してくれるんじゃないだろうか。

(いつかニャンペンみたいな、誰かの心を癒して力づけるようなキャラクターを生み出すんだ)

バッグにぶら下がっているニャンペンを見て微笑む。これは、公輝さんがガチャガチャをして出してくれたものだ。あの時、彼との心の距離がぐっと縮まった感じがしたのを覚えている。

「君はキューピットでもあったのかな」

そう呟いて、急に公輝さんが恋しくなる。

一度はあんなに愛し合った人だ。簡単に忘れられるはずがない。

（一体いつまで私は彼を想い続けるんだろう）

戻れないと知りつつ、諦めきることもできない。

どうにもならない気持ちを感じて、アパートの前で立ち止まってしまった。

「公輝さん……」

なんとなく口にした名前にますます愛おしさが込み上げた、その時――

「芽唯」

聞き覚えのある好みの声にハッとして顔を上げると、目の前に大きなニャンペンのぬいぐるみを抱えた公輝さんが立っていた。

「え……？」

（これ……夢？）

驚きすぎて棒立ちになっていると、彼は私の両手にそのぬいぐるみを抱えさせた。

ふわっとした感触はこれが夢ではないと語っているようだ。

「やっぱり。これなら芽唯はすぐ受け取ってくれると思った」

「どうして……」

「君を迎えに来たに決まってる」

そう言って、彼は私のすぐそばで懐かしい笑みを見せた。

「でも、でも。あの時あんなに冷たい態度だったから……」

「ごめん、いっとき芽唯を完全に俺の周囲から引き離す必要があったから」

私に危害が加わったり、パーティーで冷淡な視線にさらされたりと、辛い思いをさせてしまっているのをどうにか改善したいと思ったという。

「俺も今まで避けてきたことだし、迎えに行く時期を約束できなかったんだ」

（それで一旦私には未練を断ち切るようにわざと……）

理由は私のためだとわかっても、あの時の公輝さんの冷徹な態度が私をこわばらせる。

「理由があったからって……あんな冷たい態度、酷いですよ」

（どれだけ私、絶望したか……立ち直るのにどれだけ踏ん張ったか……）

ニャンペンに顔を埋めて涙すると、彼はぬいぐるみごと私を強く抱きしめた。

「ごめん」

「バカ！　許しません」

「許さなくていいから」

今までになく優しく甘い声で囁き、彼は私の頭をそっと撫でた。

「もう一度俺にチャンスをちょうだい」

「チャンス……？」

「君の気が済むまでたくさん謝る。許してくれるまで謝る。で、その先は芽唯の言葉に従う……それでどう」

「なんですかそれ」

（私が許さないって言ったらおしまいじゃない）

でも公輝さんが私が許すまで謝るなんて滅多にないことだから、ちょっと興味が湧く。

今すぐに許してしまいそうになっているのをグッと堪えて、私はあえてツンケンしてみせた。

「いいですよ。たくさん謝ってもらいましょうか」

「うん、じゃあとりあえず俺の車に乗って」

先に後部座席に大きなニャンペンを乗せ、そのあとに私を助手席へ誘導する。

久しぶりに乗せてもらった公輝さんの車は相変わらず乗り心地がよくて、安堵と嬉しさで涙が出そうになった。

(本当に迎えに来てくれた？　ちょっと顔を見に来ただけ……とかじゃない？)

離れたきっかけも強烈なものだったし、離れている間に一度も連絡がなかったのもあって、私はこうして迎えに来たと言ってくれている公輝さんは本気だろうかとまだ疑っている。

「一時間もドライブすれば、結構謝れるかな」

悪びれない様子で公輝さんは運転席に乗り、軽やかなエンジン音で走り出した。

流れていく景色はまるでスローモーションの映画を見ているようで、ふわふわとして現実味がない。

「本当に私、夢の中にいるんじゃないですよね」

確かめるように言うと、公輝さんは頷いて微笑む。

「大丈夫、ちゃんと現実だよ。ほら、この感触が夢だと思う？」

「あ……」

左手で私の右手がぎゅっと握られ、その強さと温もりは確かに実在する公輝さんのものだ。私が納得して大人しくなると、公輝さんはこれまでに自分のやってきたことを説明してくれた。

苦手だったお父さんと向き合い、幾度も対話することで信頼関係を取り戻したこと。

その流れで私との関係を認めてもらえるよう必死に説得したこと。

契約書に、付きまといに関する新しい項目を設け、クライアントと弁護士の距離感を以前よりさらに明確にしたこと。

そして、お姉さんが事務所に戻ることで一連の問題もスムーズに解決するだろうことなど……

「そんなにも……いろんなことがあったんですね」

（ほとんどが私との関係をスムーズにするための……）

「無理に一緒になれても、芽唯がずっと苦しまなきゃいけないような関係じゃ意味がないと思ったんだ」

「……そう思ってくれてたんですね」

嬉しさは当然あったけれど、それでもふと疑問が湧く。

「でも、それまで私が誰とも付き合わずに待ってるって思いました？」

「……実は柴崎に見に行かせてた。寝泊まりするような関係の男がいないっていう情報だけは聞いてたから、普通に安心してたよ」

「っ、柴崎さんが!?」

「そう。芽唯のアパートを時々見に来てたんだよ。もちろんプライバシーを侵害しない程度にね」

（時々メールで近況は報告してたけど、近くまでいらしてたなんて全然気づかなかった）

私ばっかりが別れの悲しみを背負い、なんとか自分らしい生き方をし始めたというのに。公輝さんも頑張ってくれていたとはいえ、私が離れないかチェックしていたなんて。

「ずるいです」

「うん、ずるい……ごめん。でも一年以上も芽唯を無責任に縛れなかったし」

「だから……理由を言ってくれてれば、何年でも待ちましたよ」

「本当？」

「当たり前でしょう！　今だって……全然忘れられなくて、困ってたのに……」

「芽唯……」

公輝さんは駐車場に車を停めると、慰めるように体を抱き寄せた。

「本当にごめん……試したわけじゃないんだけど。でも、そうやって俺を待ってくれてたのは、素直に嬉しい」

「ん……私も、公輝さんが迎えに来てくれたのは嬉しいです」

「よかった。帰れって言われなくて」

頬に軽くキスをすると、彼は一旦車を出て風景を見るよう促した。

言われるまま外に出ると、まだヒヤリとした風が吹き抜けるその駐車場の向こうに、眩いばかりのネオンの煌《きら》めきが広がっていた。

「わ……綺麗！」

（宝石みたいにいろんな色がキラキラしてる）

「ここ、空には星も見えるし、街のネオンも綺麗だし。いつか芽唯を連れてこようってずっと思ってたんだ」

風に髪をなびかせながら、公輝さんは私の手をそっと握った。

「長い間悲しませてごめん……でも俺は、どうしても芽唯との将来は安全で確実なものにしたかった」

「……はい」

「俺のこと、もう一度受け入れてくれるかな」

確かめるように尋ねられ、私は考える必要もないほどすぐに頷いていた。

「もちろんです。いろいろ言いましたけど、私……公輝さん以外の人は考えられないし、迎えに来てくれなくても、忘れられなかったと思います」

「……芽唯」

ホッとしたように肩を下ろすと、彼はポケットからなにかを取り出したかと思うと、スッと私の前にひざまづいた。

「公輝、さん？」

驚いて公輝さんを見つめると、彼は私の目の前に差し出した箱をそっと開いてみせた。すると中から煌《きら》めく宝石をあしらった指輪が顔をのぞかせた。

「わ……ぁ」

あまりの煌《きら》びやかさに、思わず感嘆の声をもらす。

「手に取ってみて」

「はい」

先に指輪を取ってみると、その石の輝きには見覚えがあった。

「これって……」

「そう、芽唯が選んだ石だよ。縁取りをリメイクして新しいデザインの指輪にしてみたんだ」

(あの日返した指輪を、大切にしてくれてたんだ)

あまりの嬉しさと驚きに胸がいっぱいになり、自然に涙が溢れてくる。

「貸して」

公輝さんは立ち上がると、私から指輪を受け取って左手の薬指にはめてくれた。そして美しい切れ長の目を細め、綺麗だと言って手の甲にキスをする。

「芽唯、待っていてくれてありがとう。ここからは俺が責任を持って君を幸せにする……俺と生涯のパートナーとして結婚してくれないかな」

「けっこ……ん」

「死ぬまで俺の隣にいて」

「——っ」

まさかこんな熱烈なプロポーズをされるなんて想像もしていなかった。

また会えるなんて期待していなかった人だ。

でも、忘れることもできない人で……とても困っていた。

（そんな人が、今、私の目の前でプロポーズをしてくれてる）

まだ夢を見ているのではないかと頬をつねりたくなる。

「芽唯、返事はもらえないの？」

「いえ……もちろん、イエスです。これからも、ずっと……よろしくお願いします」

「よかった。ありがとう……愛してる」

彼は私の頬を両手で挟むと、そのまま息もつかせないようなキスを落とした。甘やかなその懐かしい刺激に、再び涙が溢れてくる。

（私には公輝さんしかいないんだ）

「私も愛してます」

「ん……俺も……いや、足りないな」

もどかしげにそう呟くと、彼は私の目を見た。

「言葉で伝えきれないぶんは別の方法で伝える」

（別の方法……？）

繰り返されるキスの熱で、私たちはこれまで隔たりのあった時間が一瞬で埋まっていくのを感じた。

懐かしい公輝さんのマンションで、私はまさか戻れるなんてと感慨深い気持ちになった。

「また、ここで暮らせるんですね」

「ここでもいいし、芽唯が望むならどこかに家を持ってもいいかもね」

後ろから私を抱きしめながら、公輝さんは甘い声で言う。この私の心を震わせるような声をこんなに近くで聞くのも一年半ぶりで……涙が出そうになる。

「芽唯？」

「ごめんなさい。嬉しすぎて……」

「謝る癖は直ってないのか」

小さく笑うと、彼は私を軽々と抱き上げて寝室へと連れていった。

シーツの上で仰向けになり、私は呆然と彼を見上げる。

「あの……いきなり？」

「会わない時間が長すぎて、俺も余裕ないんだ」

先に自分の服を脱ぎ捨て、相変わらずの美しくバランスの整った体で私を抱きしめる。肌から公輝さんの熱が伝わってきて、本当に彼のところに戻ったんだと実感した。

「公輝さん……もう、会えないかと思ってました」

「芽唯と会わない間、俺がどうしてたか想像できる？」

首元に顔を埋め、そんな質問をする。

「会わない間……そりゃ、もう別の人を秘書にしてるのかなとか……気にはなりましたよ」

「秘書はいるよ」

「えっ」

驚いて顔を上げると、公輝さんはニヤリと彼らしい意地悪な笑みを浮かべた。

「女性とは言ってない。秘書は男性だし、柴崎に専属でついてもらってる秘書なんだ。柴崎も忙しいからね」

「あ。そ、そう……なんですか」

「妬いた？」

「や、妬いてなんか……っ」

（もう、もう、全部わかってて言うんだから。知らないよ、こんな人！）

泣きそうになるのを堪えて押し黙ると、私の手首を掴んで磔《はりつけ》のようにシーツに押さえつける。

「なにを……」

「約束したでしょ。今まで会えなかったぶん抱いてあげる」

公輝さんは私を見下ろしながら私の着ていたブラウスのボタンをゆっくり外していく。下着や肌に微かに触れる指先で、すでに声が出そうなほどの刺激が広がる。

お互い一糸《いっし》まとわぬ姿になると、公輝さんは首元に指を這わせてからチュッとキスをした。

「ぁっ」

（こんなに強い感覚だったかな。足先まで痺れてくる）

「相変わらず感度いいね」

指先で鎖骨を撫でながら、彼は不審な目をした。

「芽唯こそ、誰かにこの肌を触れさせるなんてことなかったよね」

「あったら……どうするんですか？」

「……相手の無事は保証できない、かな」

今まで見せなかった燃えるような熱い瞳。S気質なところは知っていたけれど、こんなにも野獣性を秘めていたなんて知らなかった。

まだ納得する説明をもらえていないのに私の体はこの目に見つめられるだけで勝手に熱を帯びる。

「想像するだけで怒りをコントロールできなくなる」

「公輝さ……んっ」

手首を押さえつける力が強くなり、痛いほど強引なキスが落とされた。

どうやら本気モードに入ったらしい公輝さんは、鋭い眼差しを光らせ、頬を両手で抱えて噛みつくようなキスをする。

「ふ……っ」

唇を何度も食むように角度を変えて私をベッドに沈ませていく。

「君は僕のものだ。もう逃げられないから、覚悟して」

彼に拘束されてるのは怖いというより、官能的だ。

片手で両手首を固定され、もう片方の手は胸をまさぐる。蕾を優しく刺激されると……もう声を出すことを我慢するのは無理だった。

「んぁん！」

「どっちが感じる？」

左右交互に刺激しながら、彼はゆったり優しい声でそう言う。

「ど……どっちも」

(感じすぎて、自分でもどういう状態なのかわからない)

「いい反応だ。芽唯、ちょっと脚の力緩めて」

「ん……はい」

ずっとのけぞるように両脚に力が入っていたから、言われた通り力を抜いた。

すると、胸を刺激していた手を脚の間に滑りこませる。

「あ、待って」

「だめ。待たない」

そうつぶやき、彼は私が必死に抵抗する中……指を秘所にもぐりこませ、奥をノックした。

「あぁっ」

(腰が浮いちゃう……っ)

自分で慰めるという方法はよく知らない。だから、彼から受ける刺激は久しぶりの性的悦びだった。

「だめ……もう」

目の前がぼんやり霞んで、気を失いかけた。

「芽唯、始まったばっかりだよ」

彼は顔を寄せ、意識を引き戻すような猛烈なキスをした。

私の口は彼の唇にすべて占領され、声ではなくて……もう呻きのような音が自分の喉からもれる。

「んぁ……ん」

「可愛い」

公輝さんは嬉しそうに目を細めると、動けない私を見下ろした。

「欲しそうだけど、まだあげない」

「そ、んな……」

この状態でのお預けは予想以上に辛い。

「俺をどれくらい求めてるか、芽唯の口から聞きたい」

「どれくらい……って」

(全部ですよ。身も心も、溶かすくらい全部欲しい)

私は恥ずかしさと正直すぎる欲求の間で葛藤したけれど、公輝さんは口にしない限りその欲しいものを与えてくれそうにない。

「ほら。言えるでしょ」

「ん……公輝さんが……」

「俺が?」

「公輝さんの硬いので私を全部支配して……っ、お願い」

心から求めていることを口にすると、ふっと口の端を上げる。

「また芽唯を俺のものにできて、嬉しいよ」

公輝さんは丁寧に優しいキスをしながら、私の両足をゆっくり押し広げた。

「いくよ」

「はい……」

頷くと同時に素早く避妊具の装着を済ませ、苦しそうにしている硬いものを侵入させた。

「んぁ…あん！」

甘い痛み。忘れるはずがないと思っていても、やっぱり時間は経っていたみたいだ。

「中は準備できてるし、すぐよくなるよ」

そう言って、今度はゆっくりと自分の体重をかけるようにして深い部分へと進んだ。すると言われたように、次第にその痛みは心地よさに変わっていく。

「公輝さ……気持ちいい」

「よかった。芽唯、目を開けて……俺を見てて」

そう言われ、私はつむっていた目を開けた。

そこには、妖艶《ようえん》に艶めいた男性がいて。

それが一度は失いかけた最愛の人……公輝さんなのだと、再確認する。

「もう、どこにも行かないでくださいね」

「当たり前。俺だってもう芽唯なしでは生きられないんだ」

低くそう呟くと、彼は一気に私の中心を奥深くまで貫いた。その激しさに、呼吸が止まりそうになる。

「あっ、あぁ……っ」

激しく何度も突き上げられるうち、彼の首筋からは汗が流れ落ちる。公輝さんの熱、鼓動、吐息……言葉以上のものが私の体に刻みこまれていった。

「あっ、んっ……ふ……ぁっ」

波のように押し寄せる快感が私の意識を真っ白にしていく。

「芽唯……愛してる。君だけを生涯……守っていく」

耳元で愛を囁かれているのに、それすら遠くなるほど鼓動が激しく鳴っている。

「公輝さん……」

(私もあなたを愛してる)

愛おしいという気持ちが最高潮に達した時、公輝さんの眉が切なげに寄せられた。

「芽唯……っ」

勢いよく腰を打ちつけたあと、公輝さんのすべてが私の中に解放された。それを受け止めながら私は思いきり彼の肩にしがみつく。

(やっぱり好きだ……この人がいないと、私が私でなくなるほどに)

(側にいて。離れないで……ずっと一緒にいて)

もっと抱き合っていたかったのに、私の意識はあっけなくそこで切れてしまった――

その後の私たちの様子といえば、すっかり以前と同じようなまったりとした空気の中で暮らしている。

「芽唯、もう出かける」

「はーい。ちょっと待ってください」

寝ぼけた状態で、私は凍らせてあった野菜ジュースをミキサーにかけて即席のモーニングジュースを作って彼に渡した。

「朝の活力ですから、これは飲んでくださいね」

「ありがとう。ただ、冷たいからもうちょっと少なくていいよ」

「わかりました」

それでも全部飲み干してくれた空のコップを受け取り、嬉しくなる。

「じゃ、行ってくるよ」

ビシッとスーツを決めた公輝さんが玄関の鏡を見て髪の乱れをチェックしている。

(あ、そうか。今日は裁判があるんだっけ)

「公輝さん、これ」

急いでリビングに戻り、用意してあった小さな巾着を手に取った。

「必需品なんでしたよね」

「ああ、そうだった」

振り返った彼は巾着を手にして目を細めた。中にはキャラメルが数粒入っていて、法廷前のジンクスのように彼はそれを口に入れているのだ。

「これを食べると確かにちょっと集中力が上がるんだよ」

「私がおまじないかけてますからね」

「へえ、芽唯は魔法使いだったのか」

大袈裟に驚いてみせると、彼は苦笑しながら巾着をポケットに入れた。

「そういえば姉さんが芽唯に会いたいって言ってるんだけど」

「本当ですか。私も会いたいです」

お姉さんが事務所の弁護士として活躍しているのは知っていたけれど、まだ実際にお会いしたことはなかった。

(正式に結婚が決まるまで会うことがないかなと思ってたけど……会いたいと思ってくれてるなら嬉しいな)

「じゃあ急だけど、明日の夜アネモネで食事するってことにしていい？」

「はい、もちろんです」

笑顔で頷くと、彼は私の腰を抱き寄せて鼻先に軽くキスをした。

(唇じゃ……ないんだ)

ちょっと不満な私から離れると、公輝さんは私の髪をくしゃっと撫でて玄関のドアノブに手をかけた。

「続きは週末ね」

「続き？」

「芽唯は焦《じ》らしたほうがいいみたいだから」

「っ、もう！　焦《じ》らしが好きなわけじゃないです」

「それは今度確かめる」

笑いながらドアを開けると、彼は颯爽とした足取りで出かけていった。

いつ見ても格好よくて声までイケメンで、でもちょっとこじらせてる性格で……どれも私の愛すべき公輝さんの姿だ。

私をいじめることも好きみたいだけど、それも愛を感じるから嬉しいって思う。

(やっぱり私って結構なM気質……体質、みたいだなあ)

困ったなと思いつつ、週末の夜がちょっとだけ楽しみだ。

「さて……今日は締め切り明けだし、自由時間だなあ」

のんびりな休日、私は大きく伸びをしながらリビングに戻った。


翌日、約束した通り私はアネモネで公輝さんのお姉さんにお会いした。

「はじめまして、香子です」

香子さんは、想像していたよりずっと若々しくて綺麗な人だった。姉弟だから顔は似ているのだけれど、性格はお姉さんのほうがさっぱりとしている感じだ。

「はじめまして、三国芽唯です」

「お手紙を送ってくれてありがとう。あなたがいなければ、私は弁護士に戻ることもなかったし、公輝とも絶縁したままだったわ」

「いえ、お役に立てたなら嬉しいです」

テーブル越しに握手をしてお互いに笑顔を交わし合う。

手紙を書いた時には、こんな円満な流れになるなんて思ってなかったから、本当に心から嬉しい。

「お姉さんのことは公輝さんや柴崎さんからお聞きしてました」

「そうみたいね。私も芽唯さんのことはたくさん聞いてるわよ。二人が将来を誓い合ってることもね」

「っ！」

結婚のことはまだ言っていないと思っていたから、公輝さんがお姉さんにそう告げていると聞いて驚く。

(でも、そんなふうに私のことを話してくれてるんだ……嬉しいな)

公輝さんは照れを隠すように咳払いし、話題を逸らした。

「にしても、姉さんがここにいるのがなんだかまだ不思議なんだけど」

運ばれたサラダを口にしながら、公輝さんがどことなく安心した顔で言う。

これまで信じるということに否定的だった彼が、お姉さんとの和解で随分変化した。それだけでも、辛かった空白の時間が報われる感じがする。

「公輝が私の意志を継いで仕事をしてくれてるって知ったのは大きかったわね。あんな形で喧嘩別れしちゃったから、予想もしてなかったわ」

「まあ……それがバレたのも、全部芽唯が知ってしまったのが発端なんだけどね」

言いながら、公輝さんは笑顔を私に向けた。

（本当にもう怒ってないんだ）

心からホッとして笑みを返すと、香子さんが興味深そうに私の顔を覗きこんだ。

「公輝が心を許すなんてどんな女性かと思ったけど……そっか、なるほど」

「なるほど、とは……」

「一途で優しくて可愛い。ちょっとM気質でいじめ甲斐があるって感じ？」

「っ！」

私が驚くのと同時に公輝さんも赤くなり、飲みかけたワインを噴き出した。

「なに言ってんだよ！」

「あらー外れてないと思うけど」

「〜〜〜っ」

（公輝さんがこんな焦ったり照れたりしてるの、初めて見たかも）

なんだかおかしくなって、香子さんと一緒に笑ってしまう。すると、公輝さんはますます赤くなって怒ってしまった。

「ふふ、可愛い妹ができて嬉しいわ。父さんのことも心配しないで。あんまり芽唯さんをいじめるようなら私と公輝が黙ってないから」

「ありがとうございます」

お父様には正直まだいい顔はされていない。でも、公輝さんや柴崎さん、お姉さんも味方してくれるとわかればいずれは認めてくれるんじゃないかと希望が持てる。

「心強いです」

「私ができる恩返しっていったら、それくらいだから。そうだ、今度事務所にも遊びに来てね。皆も芽唯さんに会いたがってるから」

「はい！」

もう一度握手を交わして香子さんを見つめ、私は今後の関係も良好なものになるよう願ったのだった。


香子さんとの会食を終えて帰宅し、私はふわっと気分のいいままソファにダイブした。するとその姿勢のまま公輝さんがひょいと抱き上げる。

「わわっ」

脚をばたつかせる私を、彼は黙って寝室まで運んだ。

そしてベッドの上で仰向けに寝かせると、ネクタイを緩めてシャツのボタンを開いた。

「なにを……？」

「週末にって約束したはずだけど」

（あっ）

慣れた手つきで私の頬に手をかけ、首筋にそっとキスをする。

久しぶりに感じる自分以外の温もりに驚き、ビクリと肩が跳ねた。

「あ、あの。ちょっと待ってください」

「なんで？　調子悪い？」

「い、いえ……でもあの……シャワーは、浴びたいかな」

照れながら言うと、彼は納得してベッドからバスルームへ素早く移動する。

お互い体が熱《ほて》っているのはアルコールのせいなのか、このあとのことを期待しているせいなのか……

「芽唯、全部脱いで先に入ってて」

「ん、はい」

(ってことは、一緒に入るつもりなんだ)

時々は体を流し合ったりするけれど、エッチの前に一緒に入るのは初めてだ。

なにをするんだろうと、少しドキドキしてくる。

「入りました」

一通りシャワーを浴びて髪も濡らしていると、あとから入ってきた公輝さんが私を後ろから抱きしめて泡のついた手で体をなぞった。

「ぁ……ん」

「芽唯はなにもしなくていい、俺が全部洗ってあげる」

「で、も……や、そこは自分で洗います」

太ももにも泡をつけ、その間にも指を伸ばすから、驚いてしゃがみこむ。

すると彼は強引にそれを前から割り入って軽くなぞっていく。

「んっ、や……恥ずかしい」

「いつもは、もっと恥ずかしいこともしてるのに？」

「い、言わないでください」

私が恥ずかしがったり照れたり抵抗したりするのが、公輝さんにはなによりも嬉しいらしい。本当にどSなのだ……

恥ずかしさがマックスになるような水音を立てられ、それでも私の体は素直すぎるほどに開き、求めてしまう。

「やらしいな……ここで欲しい？」

「ううん」

「でも中はめちゃくちゃ欲しがってるけど」

つぷんと入れられた指はかなり深く飲みこんでいて、このまま奥の弱い場所を攻められたら立っていられないはずだ。

（気持ちいいけど……でも、ここじゃ嫌だ）

私は首を振って、ベッドがいいと懇願した。肌を合わせて公輝さんの温もりをしっかり感じたいのだ。

「……わかった、そうしよう」

理解してくれたのか、彼は私の泡だらけの体をシャワーで丁寧に流してくれた。途中まで刺激されていたせいか、脱衣所にいても寝室に戻っても、もう次の展開が待ち遠しくて仕方ない。

（まさかこれ、公輝さんの作戦だったりして）

焦《じ》らしの好きな彼のことだから、こうして私が求めたい気持ちになるのを読んで、バスルームでの行為を止めたのかもしれない。

すると寝室に戻ってきた公輝さんが、私の隣にゴロンと横になってふうと息を吐いて目を閉じた。

「……シャワー浴びたら眠くなってきたな」

「えっ」

（そんな。私はもうこんなに火がついちゃってるのに）

「寝ちゃうんですか？」

不満を隠せずに顔を覗きこむと、彼はパチッと目を開いてニヤリと笑った。

（あ、しまった。罠だった）

気づいた時には私は彼の腕に包囲されていて、熱いキスを落とされた。

「……っ、や……」

「……嫌じゃないのに、なんで抵抗するの？」

「……」

（つい嫌って言っちゃうの、どうしてだろう）

なにを言われたって抵抗なんかできないし、本当はもっとって思ってる。

今体を走っている甘い痺れの延長を早く知りたくなってしまう。

(すっかり公輝さんにペースを握られちゃってるよね)

「嫌じゃない、そうでしょ」

「ん……はい」

「俺が欲しくて仕方ない？」

(もう、わかってて聞くんだから)

「ほ、欲しいです……公輝さんに……奥まで突いてほしい」

「へえ、そこまで言えるようになったんだ」

私の羞恥心《しゅうち》を煽《あお》るように言い、彼は遠慮なく私の身につけていたバスローブを脱がせて微笑む。

「いい眺め」

余裕の笑みで見下ろす公輝さんの表情は、すでに匂い立つ男性フェロモンの塊になっている。この状態の彼から逃れられた記憶は今のところない。

(今日はなにをされるんだろうって期待してしまう自分がいる……恥ずかしいのに、止められない)

「まるで〝まな板の鯉《こい》〟だね」

私がじっと動けずに公輝さんの顔を見上げているから、彼はたまらず笑い出す。

「芽唯、ほんと素直になったね。顔に期待の色が浮かんでる」

「か、からかってるんですか?」

恥ずかしくなって枕を投げてやると、彼はそれをあっさりキャッチしてポイと床に落とす。

「枕はいらないね。だって眠らないから」

「へ……」

どうにか体を起こそうとした私の肩を押さえつけ、シーツに張りつけてしまう。

「期待に沿ってないかもしれないけど、たまには普通にしてみようか」

「普通……って?」

「肌の温もりを感じて素直な体位で抱き合うってこと」

淡い笑みを浮かべた公輝さんの顔が降りてきて、ソフトなキスが額や鼻先に落とされる。

「ん……」

柔らかな温もりが置かれる度に胸が解放され、心地よさでうっとりとなった。

(こんなソフトなの確かに初めて。嬉しくて……胸が熱い)

夢心地の私の耳元で、公輝さんが低い声で囁いた。

「芽唯はどんなプレイでも受け入れてくれるから好きだよ」

「そ、そうですか?」

「こういうノーマルなのもちゃんと感じてくれるし」

優しい声で囁きながら、しっかり耳や首筋にキスをしていく。

(紳士な態度が逆に感じるなんて、もう相手が公輝さんならなんでもいいのかも)

「公輝さんの、望みのままに」

公輝さんのすべてを受け止めようと微笑むと、彼も笑みを返す。

「ありがとう。お礼に目いっぱいよくしてあげるよ」

「ぁ……っ」

太ももに置かれていた指が、そっと撫でるようにして脇腹を這い上がってくる。

「気持ちいい？」

「はい……すごく」

お酒も手伝っているのか、私は大胆に公輝さんの広い背中に両腕でしがみついた。

すると彼も私の背に空いてるほうの手を回して私を抱き寄せ、まるで久しぶりに再会した恋人のように優しく頬を擦り寄せた。

「あったかいな」

「はい……」

ぼうっと心地よさに漂っていると、公輝さんの指が唇に触れた。

「芽唯。口、開けて」

言われるままそろりと唇を開くと、再びキスが重ねられ、湿った舌先が口内に侵入してきた。

「あ……」

躊躇《ためら》いもなく私の舌を捕らえると、くるくると撫でるように絡め取っていく。

信じられないほどの魅惑的な刺激に、わずかに戻っていた理性も消えてしまった。

（もうなにも考えられない）

公輝さんのキスはすごく官能的で、夢中にならないではいられない。

幾度も角度を変えてキスされるうち、私は無意識に彼の頬をすくうように両手で抱えていた。

「公輝さんのキス、好き」

「キスだけ？」

「違いますよ……知ってるくせに」

「うん」

ふっと余裕の瞳を細めると、公輝さんは膝の隙間からスッと腕を差し入れた。

（あ……）

彼の指が届いた私の秘部はしっとり濡れているのが自分でもわかった。

「言葉がなくてもこれが答えだってことだよね」

「い、言わないでください。恥ずかしい……」

「恥ずかしくないよ。俺だってこんななんだから」

そう言って公輝さんは私の手を取って硬くなったものに触れさせた。寸前に装着した避妊具の内側で、熱く脈打っている。

「……っ」

（反応してくれてる）

恥ずかしいという気持ちもあったけれど、公輝さんにも余裕がないのがわかったのは素直に嬉しかった。

「俺たちの間でもう恥ずかしいことなんかなにもないでしょ」

「……っ」

濡れた場所に風を感じるや否や、公輝さんの熱がゆっくり中に入ってきた。

「んっ、う……ん」

驚きで背を跳ねさせると、なだめるように再び深いキスが落ちてくる。

唇の重なりと内側の弄りに、思考がすっかり止まってしまった。

心地いいという感覚だけが全身を支配し、私を見つめる公輝さんの瞳をひたすらに優しく感じる。

(私……もう公輝さんと離れなくていいんだ)

「嬉しい、もっと欲しいです」

出会ってから今までを思い出し、複雑な感情がぐるぐるする途中で、もうなにも考えられないほどに彼の熱が早く攻め立てた。

揺さぶられる体が自分のものなのかもわからなくなってきて、頭だけ真っ白になっていく。

(熱い……なにか大きな火がついた感じが……迫ってくる……)

その快感は波のように行ったり来たりしていたけれど、とうとう意識を飲みこむほどに大きくなって押し寄せてくる。

「っ、公輝さ……私……」

「うん。そのままイっていいよ」

「ぁ……あぁ……っ！」

くんっと奥を軽く突かれただけで、私は恥ずかしい声をあげながら達してしまった。

「俺も……余裕ないな」

すぐ後を追いかけるように公輝さんの腰の動きも速くなり、一瞬息を飲みこむように無言になる。

「芽唯……っ」

私をぎゅうと抱きしめたまま背中を震わせた。

(嬉しい……公輝さんもほとんど一緒にイってくれたんだ)

満たされた気持ちで、私は汗ばんだ彼の背中をそっとさする。

「公輝さん？」

「……うん」

バサリと私の体から少しズレたところに倒れこみ、公輝さんは息を整えている。

彼の髪を撫でながら、私の心は安堵と嬉しさで満ちていた。

彼はこちらを振り向き、改めて体を抱きしめながら頬にキスしてくれる。

「こんなノーマルだと退屈させるかなと思ったけど……正直、俺は一番感じた」

「退屈とか……そんなの考えたことないです」

「ならよかった」

くたりと力が抜けた私を抱きしめ、公輝さんはまだ丁寧に鼻先や瞼にキスしてくれている。

(確かに、こんなゆったりっていうのは今までなかったかな)

「ノーマルでも心地いいって……関係が落ち着いてきた証拠ですかね」

私がそう呟くと、公輝さんは納得しかけてから首を振った。

「落ち着くとかまだ早いよ。結婚もまだなのに」

「そう、ですかね」

「そう。それに芽唯は結婚したって、俺にとっては一生お姫様なんだよ」

「っ！」

甘々な言葉を聞いて、ちょっと照れてしまう。

公輝さんも恥ずかしいのか、体を反転させて目を閉じた。

「寝ちゃうんですか？」

「少し休憩……朝まで芽唯を抱くんだから……」

そう言った途端、軽い寝息が聞こえてくる。

「……寝ちゃった」

（ふふ、こういう可愛いところも最近見せてくれるよね。クールじゃない公輝さんも愛おしい）

そんなことを思いつつ、私は後ろから公輝さんの体を抱きしめるようにして目を閉じた。温かな肌に触れ、穏やかな呼吸音を聞きながら、私は言葉にならない幸せを感じた——

エピローグ

自分のことを好きかどうかなんて考えたことがなかった。彼に会うまでは。

自分が自己犠牲的で嘘をつくのが癖になっているなんていうのも、知る術はなかった。

不幸だったわけでもないし、なにか特別不満だったわけでもないから。

でも、自分が喜ぶことを知った今、本当に幸せだと言える状態がどんなものか……はっきりとわかるようになった。

「芽唯」

早起きして少し散歩をしてきた私を玄関で抱きしめる公輝さん。

「どこ行ってたの。探したよ」

「いい天気なので、散歩してきますねって言いましたよ」

「……寝ぼけてて、覚えてない」

不満げな声に、思わずくすッと笑ってしまう。

(外では敏腕でクールな弁護士の公輝さんが、こんなに甘えてるなんて誰も想像しないだろうな)

私は公輝さんの背中に腕を回し、彼の体を精一杯ぎゅっと抱きしめる。

「今度はもっとしっかり起こしますから。一緒に散歩しましょう？」

「……そうする」

案外素直に頷くと、公輝さんは私の髪を撫でて額にキスをした。

唇のキスも刺激的で好きだけれど、こんなふうに優しく頬や額にキスされるのは特別に好きだ。

(大事にされてる、愛されてる……って実感できる)

「公輝さん、愛してます」

「うん」

照れくさそうに微笑むと、彼は瞼や鼻先にもキスを落とした。

目を閉じてその余韻に浸りながら、私は今、間違いなく幸せの中にいるんだと確信できた。

番外編　一年目のジェラシー

長かった梅雨が明ける気配がちらほらしてきた七月の半ば。

久しぶりに晴れたおかげで、寝室の私たちにも日の光が届けられた。

(ああ、心地いい。今日はシーツを洗おう)

ベッドの中で軽く伸びをして、まだ隣で熟睡中の公輝さんを見る。

昨夜は土曜日だというのに遅くまで書斎で仕事をしていたせいか、太陽の力でも彼を起こすことはできないみたいだ。

(今日は待ちに待った貴重な日曜日。外でご飯でも食べながら、ゆっくり話がしたいな)

私たちは紆余曲折ありながらも昨年無事結婚することができ、今は新婚生活真っ只中だ。

公輝さんは家業を継いだ影響で超絶忙しい生活になっているのだけれど、日曜日はしっかり休んでコミュニケーションしてくれているから不満はない。

(それに結婚してからの公輝さんは前よりずっと優しいしね)

「芽唯?」

「わ、起きてたんですか?」

にやける私をまじまじと見られてしまい、私は恥ずかしくなって布団をかぶった。

するとと公輝さんはわざと布団の隙間から覗いて、くすくすと笑う。

「なに考えたらあんな嬉しそうな顔になるの」

「なんだっていいじゃないですか」

(すぐこうやって言わせようとするんだから)

私が恥ずかしがるほどに、言わせたがるのはもはや癖になっているようだ。

それでも今回は案外すぐに引いてくれて、布団の上から私の頭をポンポンと優しく叩いた。

「まあ、悲しい顔をされてるよりはいいか」

その声が少し疲れたような感じに聞こえ、私はそっと布団から顔を出した。

「……なにかありました？」

「最近忙しすぎて、つまんないことでイライラしやすくなってるんだ。なんかこういう自分、好きじゃないいんだけど……」

(そっか。さすがの公輝さんもそういう時があるんだな)

ムラのある性格もほぼ克服されて、安定した仕事をしているように見えていたけれど。

疲れとか気候とか、いろんな要因でバランスが崩れることもあるみたいだ。

「せめて日曜日はゆっくりしてください」

「もちろんそうするつもり」

むくりと起き上がると、後ろから抱きしめて引きしまった胸板を背中に押し当てた。

「っ、公輝さん？」

（ぁ……っ）

鼻先で首筋を小刻みに擦りつける刺激で、腕や背中に甘い痺れが走る。

公輝さんはそのまま無言で首筋にキスし、そのまま背中を通って仙骨辺りまで丁寧に愛撫した。

「あの……朝です」

「夜だけじゃ足りないって日もあるんだよ」

「足りなか、ったですか」

（かなり激しめだった気がするけど）

「芽唯だってまだ欲しいんじゃないの」

髪を掻き分けて首にキスされながら、油断しきっていた秘所に彼の熱が押し当てられると、反射的に中からじんわり濡れてくる。

（恥ずかしいけど……私もまだ欲しかったのかな）

「芽唯をその気にさせるにはここを責めたらいいんだよね」

言いながら、耳たぶを甘噛みして熱い息を同時に吐きかける。

「や……ぁっ」

思わず背中を反らせて感じてしまい、求めてないなんて嘘は言えそうもなかった。

公輝さんは私の口に自分の指を咥えさせると、そのまま後ろからゆっくり挿入してくる。その征服されていく姿勢が、またたまらなくゾクゾクと感じてしまう。

「どんだけ感じてんの」

「っ、だって」

「まだ足りない？　じゃあ……」

「っ！」

甘噛みされていた首筋にさっきより強めの痛みが走り、その反動で公輝さんの指を強く噛んでしまった。でもそのせいで私の中で動いていた彼の熱もさらに増して硬くなっていく。

「いいね。もっと噛んで」

「ふ……っ」

たまらなくなって求めたい気持ちを指を口に含むことで表現する。

舌先が指の指紋をなぞると、公輝さんがビクッとするのがわかる。

(可愛いかも)

「芽唯」

指を抜くと、彼は繋がったまま私を仰向けにして涼しげな顔で見下ろす。

「そろそろ本気出していい？」

「本気……って」

「芽唯の思考を止める」

妖艶《ようえん》な笑みを浮かべながら私の両脚を大胆に割り広げた。

「やっ」

咄嗟に抵抗しようとするも、公輝さんは強い力で脚を押し広げ、無言のまま体を重ねた。

(……っ)

一瞬息が止まるような刺激のあと、腰を浮かされて次々に熱が送られてくる。

宣言通り、冷静な思考はどんどん不可能になっていく。

「んっ、は……んっ」

「辛い?」

「ううん、大丈夫で……す」

「ならもう少し速くする」

(熱い……奥が擦られて……すぐに絶頂がきちゃう)

「イっちゃい、ます……」

「うん」

私を揺さぶりながら少しずつ表情に余裕をなくしていく公輝さんを見上げていると、愛されている実感があってすごく幸せな気持ちになる。

(あ、また速く……)

迫ってくる波を捉えたら、シーツを握りしめる。

と、同時に再奥に突き上げられた衝撃が快感の泡で包んでは通りすぎていった。

「あぁ……っ」

両脚はつま先まで力が入り、夢中で公輝さんにしがみつく。

心地いいエネルギーをゆっくりと全身で味わったあとは、シーツの上でくたりと脱力した。

「芽唯……可愛いな」

このくったり力の抜けた私が好きみたいで、公輝さんは半分気を失っている私を抱きしめて幾度もキスしてくれる。

プレイは激しめだけれど、終わりはハチミツのように甘いのが最近の公輝さんだ。

(こんなにも愛してくれる人に出会えて……本当に幸せ)

何度感じても尽きることのない幸せを、私はこの時もまた心の奥深くで噛みしめたのだった。


すっかり日が昇って、朝食というよりはブランチの時間になっていた。

「今日は俺がピラフでも作るよ」

「わ、嬉しいです！」

五島さん直々にレシピを伝授され、私たちはお互いアネモネに近い味を作れるようになっている。

公輝さんも自炊はしない派だったようなのに、私と一緒だと作りたい気分になるとかで、こうして気が向いた時にはしっかり作ってくれる。

「私はコーヒー淹れますね」

言いながらストッカーを手に、どういう味にしようかなと考える。

数種類の豆は別々にストックしているのだけど、それらを少しずつブレンドして、オリジナルコーヒーを作るのが最近楽しい。

（はあ、いい香り）

香ばしい豆の香りもアロマ効果があって、豆を挽いている間にもかなり癒されてくる。

数分後。

公輝さんのピラフができ上がり、私のほうもコーヒーポットに淹れたてのコーヒーが入った。

テーブルを綺麗にセッティングしてようやくいただきますの時間。

「もう、お腹ぺこぺこです」

「朝から運動したしね」

「っ！」

急にこういう言葉を悪戯で振ってくるから、心臓が飛び出そうになる。

（どんな顔したらいいの……っ）

「い、いただきます」

スプーンを取って早速いただこうとすると、スッとスプーンを取り上げられてしまった。

「怒らせた？」

「怒っては、ないですけど……恥ずかしくてどう反応したらいいか」

戸惑いを誤魔化そうと視線を逸らすと、公輝さんはふっと笑う。

「こういう時は〝そうですね〜〟って流せばいいんだよ」

「できないから困ってるんじゃないですか」

「そうだった。まあ、そこが芽唯のいいところで可愛いところなんだけどね」

公輝さんはスプーンを戻してくれると、私の髪をそっと撫でてコーヒーを嬉しそうにすすった。

そしてふと、思い出したように言う。

「そういえば、そろそろ結婚一周年だね」

「はい。だから柴崎さんの誕生日でもあるんですよ」

「ああ……そうか」

柴崎さんの誕生日と結婚記念日を重ねようと言ったのは公輝さんなのに、なぜかガッカリした顔をする。

「なんで柴崎の誕生日を記念日に重ねちゃったかな」

「それは……大事な人の誕生日を忘れないようにしたいから……って公輝さんが言ってましたよ」

「俺が？　言った？」

「はい」

こくりと頷くと、彼は照れた顔でそんなこと言ったかなと首を傾げる。その様子が可愛らしくて、自然に口元が緩む。

（本当は家族をとても大切にする人なんだって一緒に暮らしたらわかる）

改めて公輝さんと一緒になれた幸せを噛みしめ、私もコーヒーをすすった。

柴崎さんの誕生日のお祝いはアネモネでランチということにして、結婚記念日のお祝いは個室のイタリア料理店でディナーをしようということになった。

「柴崎には俺から声をかけておく」

「はい、じゃあ私は柴崎さんへのプレゼントを下見しておきます」

「わかった。いいのが見つかったら今月のどこかで一緒に買いに行こう」

こんな感じで、まもなくやってくる記念日はとても楽しみなものとなった。

(どの辺のお店に行けばいいかな)

次の週になり、その日は穂波ちゃんとの映画デートを約束している日だった。

彼女とはアルバイトを辞めたあとも交流があり、平日に時々お誘いが入るのだ。司法試験に再トライの最中で、たまに息抜きしたくて私を誘ってくれているみたいだ。

(彼氏とはどうなったかな？　久しぶりに彼女の近況が聞けるから楽しみ)

いろんなワクワクした気持ちを抱きながら、私は次の日しっかりよそゆきの支度をして街へと繰り出した。

待ち合わせの喫茶店でお茶をしていると、お店の入り口で高校の制服を着た女の子が中をキョロキョロ見回しているのが目に入った。

「ん……？」

顔を上げると、その女の子は嬉しそうに私に手を振りながら歩いてくる。

「あの、三国芽唯さんですよね」

「はい、そうですけど」

「よかった！　はじめまして。私、穂波の妹の茉莉奈《まりな》です」

「妹さん？」

「姉からメールいってません？　急に都合悪くなったから私に代わりに行ってほしいって」

（えっ、メールきてた？）

確認すると確かに『急に彼氏からの誘いが入ったのでそちらに行かせてほしい』という内容が入っていた。相手が釣れなくて毎回不安だと言っていたから、そういう機会は逃したくないんだろう。私は即座にＯＫのメールを返し、それなら今日は妹さんとデートなのかと少し気持ちを引きしめた。

「私、三国さんのキャラクター大好きなんです。お会いできて嬉しい」

「そっか。ありがとう」

「グッズも結構持ってるんですよ。あ、そろそろ映画始まりそう」

「本当だ！　じゃあ行こうか」

慌ててコーヒー代を払うと、私たちは小走りに映画館まで急いだ。

中は空調が効いていてとても快適。お決まりのポップコーンとコーラを買い、予約してあった席に滑りこむように座る。

「間に合ってよかったね」

「はい。映画とか久しぶりで、めっちゃ楽しみです」

茉莉奈ちゃんは嬉しそうに笑うと、私の肩にコテンと頭を寄せた。

驚いて彼女を見ると、少し窺うような目で見上げている。

「姉と一緒の時はこうして甘えさせてもらうんです。馴れ馴れしかったですか？」

「う、ううん。ビックリしただけ。そっか……お姉さんと仲がいいんだね」

「はい。私、姉が大好きなんです」

私はお姉さん二号という感覚なのか、茉莉奈ちゃんの甘え方は今後も結構驚かされることとなる。

「はー面白かった」

映画館から出て、茉莉奈ちゃんは大きく伸びをした。

（茉莉奈ちゃんを肩枕してたせいか集中できなかった……）

げっそりしている私に構わず、茉莉奈ちゃんは嬉々として次々に行きたい場所を指定してくる。

カラオケに行こうと誘われた時点でさすがにストップをかけた。

「えっと、それはまた今度でいいかな」

「もちろんです！　連絡しますよ、ＩＤ交換していいですか」

「うん」

また別の機会ならいいかなと思い、私も気楽にＩＤを交換した。

（うーん、柴崎さんのプレゼントを下見できなかったけど。今日は仕方ないな）

やや心残りはあったものの、これ以上街を歩く元気も出ず……茉莉奈ちゃんと別れたあと、私はそのまま帰宅した。


「映画、どうだったの」

夜、仕事を終えて帰宅した公輝さんにそう尋ねられ、私はすぐにどうとは言えなくて困った。

「うーん……あんまり覚えてないんですよね」

「どういうこと？　見たんでしょ？」

「はい。でも、ちょっと集中できなかったっていうか……」

（茉莉奈ちゃんが悪いわけでもないし、なんとも説明できないな）

私のはっきりしない答え方に彼も首を傾げたけれど、それ以上の追及もなかった。

とりあえず明日はプレゼントの下見をしっかりしようと思い、気持ちを切り替えた。

しかし……

『メイさん！　カラオケ、明日どうですか』

『メイさん！　可愛い服があったんです。これ、どう思います？』

『メイさん！　今度遊びに行っていいですか』

翌日からこんなSNSメッセージが立て続けに入り、どう答えていいか考えてしまう。

（うーん、懐かれるのは嬉しいんだけど。これ……全部は付き合えないかも）

スマホが鳴る度に返事したり考えこんだりしていると、公輝さんが痺れを切らしたように声をかけてきた。

「この前からスマホばっか見て、どうしたの」

「あ……そうですよね」

（つい公輝さんの前でスマホいじりしてしまった）

帰宅したら私がスマホに夢中になっている状態は見たくないということで、最低限の連絡など以外はできるだけ触らないようにしているのが習慣だった。

だから、ここ数日の私はかなり普通じゃない行動になっていたはずだ。

「実は、友人の妹さんに懐かれてしまって」

映画を見た時からの様子を話すと、公輝さんは呆れたように私を見る。

「だからってそんなスマホに張りついてなきゃいけないほどなの？」

「それが……なんていうか、彼女寂しそうなんですよ」

そう。私が茉莉奈ちゃんの誘いをキッパリ断れないのは、彼女が誰かに相手をしてほしくて仕方ない様子なのが見えるからなのだ。

私が断ったら、すごくガッカリするだろうなというのがわかってしまうというか。

「それは芽唯の自己満足。可哀想だから、とかいう理由で付き合われて嬉しい人いると思う？」

「それは……」

（これはいつも注意されている自己犠牲的なやつかな）

「芽唯はもうわかってると思うけど。対等に見られない関係はフィフティフィフティじゃないし、相手に失礼だよ」

「……そう、ですね」

ピシャリと言われ、私も目が覚めた。

これは、ちゃんと伝えたほうがいいと思い、茉莉奈ちゃんには明日会ってきちんと言おうと決意した。

それでもまだ会って話をしようとしている私に、公輝さんは深くため息をついた。

「会う必要もないと思うけど……まあ、芽唯がしたいようにしたら」

「それは、はい。そうします」

「ＯＫ、じゃあ俺を無視した罰を受けてもらおうかな」

私の顎を掴み、軽く上を向かせる。

真っ直ぐに見つめてくる瞳は真剣で、言っている言葉は冗談ではなさそうだ。

「無視、してませんよ」

「スマホいじりは無視じゃない？」

「そんな……」

（でも、それくらい公輝さんは放っとかれたって思ったんだよね）

申し訳ないと言葉にする前に、唇を奪われる。

「ふ……っ」

獲物を捕らえるような激しいキス。呼吸を忘れてしまいそうなほどだ。

髪はくしゃくしゃに掻き乱され、ソファの上に押し倒されてからも微動だにできないよう抑えこまれてしまう。

「痛……いです」

手首がぎりっと捻り上げられるようで、痛みを訴えると、その力は少しだけ収まった。

それでもスイッチの入った公輝さんの勢いは止まらない。

「相手が高校生でも、女性でも……芽唯を独り占めできるのは俺だけだから」

「ん……そう、です」

コクコクと頷いて同意するのだけれど、簡単には許してもらえない。

「今日は本気でいじめちゃうかも」

「えっ」

「このままの体勢でいて」

そう言い残して一旦場所を離れ、赤ワインを手に戻ってくる。

（なにをする気なの）

いじめると言うからには私にとって辛いものなのかと思いきや、彼は自分の口にワインを含んで私に少しずつ飲ませていった。

「ん……」

上質なワインが喉を通り、するすると胃に下りていく間に胸も熱くなっていく。その行為は何度も何度も繰り返され、気がつくと私は身体中がアルコールの熱で火照っていた。

髪を軽く撫でられただけでも反応してしまい、これはもう……媚薬といってもいいような効果だ。

（これが、罰？）

公輝さんは気づいてないだろうけれど、私だって本当は結構な寂しがりなのだ。

日曜日にしかゆっくりした時間のないのはたまに寂しいと思う。もっと、ずっと、一緒にいたい。

ハネムーンは一週間ほど旅行をしたものの、たっぷり一緒の時間を過ごしたあとの平日が驚くほど寂しくて……

(あれ以来、あんまり長時間一緒にいたいって言えなくなっちゃったんだよね。本音は一緒にいたいんだけど……なんか自分のことながらこじらせてるかも)

「芽唯?」

「ん……はい」

ぼんやり公輝さんを見上げると、公輝さんが怪訝《けげん》な表情で私を見下ろす。

「心ここにあらず、だけど」

「あ……」

(こんな素敵なシチュエーションで私ってばなに考えてたんだろう)

「ごめんなさい」

「……謝らなくていいから。集中して」

「はい」

彼は再び私の髪を撫でると、愛おしげに額や鼻先にキスをしてから、ゆっくりと唇を塞いだ。

最初のとは違ってゆっくり深く唇を合わせ、口内に忍ばせた舌同士は温度を分け合うように絡まっていく。

「ふ……は……ぁ」

早々に理性が飛んでしまった私は、自ら腕を伸ばして公輝さんを受け入れる。

彼の柔らかな髪を撫で、自分のほうへもっと近づくよう引き寄せた。すると、公輝さんはくっと喉を鳴らして乱暴に私のブラウスを脱がせた。

「大胆な芽唯も悪くないね。いじめ甲斐がさらに増すっていうか」

言いながら、下着の上から敏感になった体を焦《じ》らすように指先だけでなぞっていく。

胸に触れていても、あえて蕾には触れずにスッと腹の上へ手を下ろしてしまう。その焦《じ》れったさがいつもの比ではないほどに強い。

(触れて。全部、触れて……)

「待てないみたいだな」

ブラをずらしてふくらみを口に含むと、舌先でコロコロと転がされる。

「んぁ……っ」

焦《じ》らされきったあとの刺激は体が跳ねるほどの感覚で、もどかしさが増大していく。

「意地悪、しないで」

「こんなに気持ちよさそうなのに」

「もっと、全部触れて……ほしい」

「芽唯、やらしくなったね」

それこそ意地悪な言葉を呟き、脚の付け根に指を這わせた。触れられる前から、そこに彼の指が触れた時を想像してどんどん濡れていく。

(公輝さんのせい……全部、あなたがこうさせる)

恥ずかしい気持ちも消えて、体も心もオープンになる自分がどこか心地いい。

私の求める気持ちは行動に出ていて、公輝さんのシャツのボタンを無意識に外そうとしていた。

(早く、欲しい……全部)

おぼつかない私の手をグッと握りしめ、彼は愛おしげに私を見下ろして微笑んだ。

「そんなに欲しいの」

「ん……公輝さんが欲しい……全部、ください」

「全部って？」

「心も体も……魂も」

「もう全部あげてるんだけどな」

困った顔をしたあと、彼は自ら衣類を脱ぎ去り私の上に覆い被さった。一緒にワインを飲みこんでいた彼も、すっかり体が火照っている。

その引きしまった体をさすりながら、求める気持ちがマックスまで高まった。

「我慢、できません」

「俺も」

言葉はそこで途絶え、彼のたぎったものが私を遠慮なく貫いた。

念入りといえるような愛撫はなかったけれど、中は全く抵抗なく彼を飲みこんだ。

「気持ち……いい」

(体も心も魂も……全部喜んでる)

彼が中で重なりを深める度に、体が溶けて泡になっていく感じがする。

快楽とも少し違う次元の心地よさに胸が熱くなり、多幸感がとめどなく押し寄せた。

「芽唯……俺だけの、芽唯」

公輝さんは、私の頭を両手で庇うようにして前屈みになると、ゆっくり腰を動かしながら唇から額、頬、耳……顔のあらゆる場所へ熱を置くように丁寧にキスをした。

愛しい人に愛される心地よさはどんなものとも比較できなくて。

一生ぶんの幸せをこの一晩で味わったのではと思えたくらいだった。

「幸せ……」

お互いに達したあと、私たちはそれでも離れられないでずっと抱き合っていた。

その密着度に、不思議な感覚になる。

肉体が二つに分かれているのが不思議なくらいだ。

(公輝さんは……もう一人の私なのかも)

そう思えるほど、公輝さんをを他人だとは思えない。どんな状態の彼でも愛おしいと思う。たとえ今の立場や地位がなくなっても、彼さえいればいいと本気で思える。

これを愛と呼ぶなら、きっとそうなんだろう。

「愛してます……公輝さん」

「……うん」

満足げな彼の笑顔にさらなる安堵が広がり、私たちは抱き合ったまま深い眠りの中に落ちていった。

茉莉奈ちゃんには会う前に穂波ちゃんから連絡が入り、申し訳ないと謝られた。

『ごめんなさい！　私が勉強ばっかりでしばらくちゃんと遊んであげてなかったんです。まさか三国さんに頻繁にメッセージしてるなんて知らなくて』

「ううん、きっと寂しかったんだよね」

『あの子、ちょっと重度のシスコンでして……私と会ってないと不安がるんです』

(なるほど……穂波ちゃん忙しいもんね)

ご両親も忙しいらしく、茉莉奈ちゃんは自宅で毎日寂しくしていたらしい。

今回のこともあって、これからは穂波ちゃんと一緒に暮らすということで話がまとまったという。

「忙しいのは変えられないけど、夜ご飯くらいは一緒に食べられると思いまして」

「そっか。それなら茉莉奈ちゃんも安心するね。私も大丈夫な時は会えたらなって思うから、茉莉奈ちゃんにそう伝えてね」

『ありがとうございます。そうしてくれると助かります』

通話を終えて息を吐くと、ちょうど帰宅した公輝さんがリビングに入ってきた。

「ただいま」

「おかえりなさい。今、ちょうど穂波ちゃんと話してたんです」

いきさつを説明すると、公輝さんはふっと笑って私の頭を撫でた。

「そんな必死に説明しなくても……でもそうか、その茉莉奈って子も俺と同じだったのかもな」

「あ、確かに」

理解者がご両親じゃなかった場合、身近な姉妹の存在がすごく大きくなるっていうのは公輝さんも同じだったのを思い出した。

「無意識だったかもしれないですけど、そういうのも感じて強く共感したのかもです」

「……芽唯らしいな」

公輝さんは苦笑しつつ私の体を抱き寄せて額にそっとキスした。

こうして、ちょっとしたアクシデントは無事収束し、茉莉奈ちゃんとはその後もＳＮＳメッセージでやり取りしている。


一件落着したその週の日曜日。

私たちは一緒に街へ買い物デートに出かけた。下見してあった柴崎さんへのプレゼントを購入するのが一番の目的だ。

「芽唯が目星をつけてくれたものって、時計？」

「はい。懐中時計とかどうかなと思いまして」

アンティークショップに立ち寄り、目をつけていた古い懐中時計を見せると、公輝さんも気に入ってくれた。

「しかめっ面でタイム管理してる柴崎に似合うね」

「そういう言い方ってないですよ」

軽く怒ってみせるけれど、それが柴崎さんへの信頼からきているのがわかっているからすぐに笑顔になる。

(素直じゃないのは公輝さんらしさだしね)

「今なにか考えた？」

「いえ、なにも」

ふいと横を向こうとすると、すぐに顎を捉えられてキスされる。

「っ！」

驚いて目を見開くと、彼はニヤリと笑った。

(ここお店なのに！)

品物が山積みで店員さんや他のお客様には見えてないとは思うけれど、こういうのは本当に顔から火が出そうになる。

「も、もう！　外ではやめてください」

「見えてないのに」

「それでも、です」

「……わかった」

案外素直に頷くと、彼は懐中時計を購入しにレジへと向かう。

その後ろ姿が少し寂しげで、言いすぎたかなと思ってしまう。というのも、今のキスには正直ドキドキさせられたからだ。

（それに外で見る公輝さんって一段と格好よく見えて。隣を歩いてるだけで照れちゃうんだよね）

こんな本心を隠してお店を出ると、彼は私を見下ろして不思議そうな顔をした。

「なんで離れてるの」

「そんなに離れてないですよ」

「離れてる」

「わ……うぷっ」

手を握られると、ぐっと引き寄せられて公輝さんの胸に額がぶつかってしまう。

「いきなりすぎ……」

「ん？」

ぐんと近くなった公輝さんの顔に、かぁっと頬が熱くなった。

その反応を見て、彼は手を握ったままくすくすと笑う。

「結婚して一年も経つっていうのに、まだ照れるんだ」

「そ、そりゃそうですよ！　だから手を繋ぐものちょっと……」

「なるほどね」

うんうんと頷きながらも指が絡まってさらに手繋ぎが強固なものになっていく。

（絶対これわざとだ）

自分が真っ赤になっているのは明らかだったけれど、それでもこうして公輝さんと密着していられるのは幸せなのも確かで。

（ホント……私、一体いつまでこんなにドキドキしてるんだろうな）

こんな、考えても仕方のないことをぼんやり思ったりした。

改めて新鮮さを感じたお買い物デートの締めくくりは、私が見つけた隠れ家的レストランだ。イタリアンの専門シェフがやっている個室オンリーのこぢんまりしたお店。

内装はロッジみたいになっていて、まるでキャンプをしながらコース料理をいただいているような雰囲気だ。

「こんないい店よく見つけたね」

前菜やワインの味にも満足した様子の公輝さんが内装を改めてゆっくり見渡す。

「絶対美味しいだろうなと思って、チェックしてたんです」

「うん。確かに美味しい。それに個室だし、気持ちもゆったりする」

「そうでしょう？」

公輝さんがこんな素直にお店を褒めるというのも珍しいから、私は二倍嬉しくなった。

たまのお休みに、こうしてゆったりした二人きりの時間が取れるのはなによりの幸せだ。

「私、こういう時間がもっと欲しいです」

素直な気持ちを伝えると、公輝さんは口に運んだパスタを飲みこんでから答える。

「時間か……旅行でも行きたい？」

「それもいいですけど」

（そういう特別なことじゃなくていい。公輝さんと一緒にいたい、ただそれだけ）

こんなふうに答えたかったけれど、なんだか照れくさくて言い切れない。
それに一緒にいたいなんて言ったら、毎日一緒でしょって答えられそうで。私は説明しきれない
この本音を少しだけ我慢した。

こうして――

とうとう結婚記念日がやってきた。

五月晴れというに相応しい素晴らしい青空が広がり、この先の未来も安泰だなと思わせてくれる
穏やかな朝だった。

(今日はきっといい日になる)

私は一人で早起きし、いつもよりかなり気合の入ったお洒落《しゃれ》をした。さらにそのあとは予約して
あった美容院でヘアセットもしてもらって準備万端。

(ちょっとは惚れ直してくれるかな?)

こんな期待をしながらマンションに戻ると、スーツを身につけた公輝さんが腕を組んで立って
いた。

「おかえり」

「た、ただいま」

(え、なんでちょっと怒ってるの)

「それって、誰のため?」

真顔で尋ねられ、優しい反応を期待していた私はかなりびっくりする。

「今日は記念日ですし」

（聞くまでもないと思うんだけど）

「そりゃ、それだけ気合を入れてもらったら柴崎も喜ぶだろうけど」

「え……っと」

（まさかと思うけど）

「柴崎さんに嫉妬……ですか？」

「は？　そんなわけ……」

彼は明らかに不機嫌な顔をしたかと思うと、ハッとなって視線を逸らした。

「アネモネに行くだけのわりに、気合が入りすぎかなって思っただけ」

「そ、そうですか。でもドレスアップは自由にしていいって公輝さん言ってくれましたよね」

「……うん」

さすがに多少恥ずかしい気持ちがあったのか、公輝さんは咳払いをしてジャケットを羽織った。

彼だっていつもより髪もきちんとセットされていて、仕事では着ないスーツを身につけていて、かなり気合が入っているといえる。

私はこの格好の彼に見劣りしないようにと思って、頑張ったのだ。

（本人はわかってないんだろうなあ）

こういう可愛い嫉妬が見られて、私はいつものように胸をくすぐられる。

いちいち嫉妬とか束縛とか、嫌がる人はいるんだろうけれど。私は公輝さんからヤキモチを焼かれるのは結構好きだ。

(だからドMって言われるんだろうけど)

「あ、約束の時間になっちゃいますよ、出かけましょう?」

「ああ。うん」

私に腕を取られた公輝さんは、意表を突かれた顔をして頷いた。


貸し切りにされたアネモネでは、五島さんが腕を振るってイタリアンのコース料理を作ってくださっていた。アルコールの苦手な柴崎さんに合わせて、飲み物はノンアルコールのサングリア風にしていただいている。

(さすが五島さん。アルコール入ってなくてもすごく美味しい)

乾杯のあと、柴崎さんはグラスを置いて神妙な顔をした。

「柴崎さん、どうかされましたか」

私がそう声をかけると、柴崎さんは目を潤ませた。

「ありがたすぎて、感謝の言葉もありません。お二人にとっての大切な日に、こんなありがたい時間をいただいて……」

「そんな。私たちこそ普段お世話になっている柴崎さんになんのお礼もできてないので」

「俺なんかは今さら感がありまくりだけど、芽唯がどうしてもって言うから」

こんな可愛げのない言葉を口にする公輝さんだけれど、長年の付き合いだからこそ素直におめでとうって伝えるのが照れくさいんだろう。

その証拠に、プレゼントは自分から渡したいと言ってしっかり手に持っている。

「あの公輝様が芽唯さんのようなお嫁さんをもらって、お幸せな結婚生活をされているなんて……本当に私は嬉しいです」

柴崎さんはまるで今日が結婚式のような感想を述べて、涙ぐんでいる。

公輝さんは私と顔を見合わせて微笑むと、やっと素直に心からのおめでとうを伝えた。

「柴崎、これからも俺を……橘家を支えてほしい」

「もちろんでございます」

「うん。ただ、今まであまりにも頼りすぎてきたから、少し一人で頑張ってみようと思う」

「どういうことです？」

「ん……これなんだけど」

そう言って差し出したのは、二人で選んだ懐中時計と世界一周の船旅ができる旅行券だった。

それを手にした柴崎さんの驚いた顔は、今まで見たどの彼より瞳が大きくなっていた。

「私に……ですか？」

「もちろん旅行は奥さんと二人でって意味だよ。いつか行きたいって言ってたことあるでしょ。定年まで待ってたらいつになるかわからないからさ……」

照れくさい様子を見せつつ公輝さんはこれまで言えなかった感謝の気持ちを込めて、柴崎さんを労った。それに合わせて、私も言葉をかける。

「これまでまとまった休みを取らずにお仕事されていたって聞いて、私も驚いたんです。ぜひ、奥様とゆっくり旅行なさってください」

「芽唯さん……」

嬉しそうに頷きながら、柴崎さんはハンカチでそっと目尻を拭った。

「これからも公輝様はもちろん、芽唯さんも事務所も、橘家も……命ある限り、すべてを見守らせていただきます」

「大袈裟だな。橘の家はもう柴崎なしでは立ちゆかないんだから、もっと堂々としてていいのに」

「そうもいきません。大旦那様に叱られます」

きりっとした顔でそう答える柴崎さんを見て、公輝さんが苦笑する。

(柴崎さんは変わらないな……そこが安心するところなんだけど)

公輝さんからたくさん柴崎さんとの思い出は聞いている。

幼い頃から厳しすぎるお父様に育てられた彼にとって、柴崎さんは優しいもう一人のお父様のような存在だったみたいだ。

(私も大切にしたい人だな)

「これからもよろしくお願いしますね、柴崎さん」

「もちろんでございます」

そのあとは美味しいイタリアンをいただき、無事柴崎さんの誕生日はお祝いできたのだった。

帰り際、マンションの駐車場まで戻ってきた私たちはホッとため息をついた。

「柴崎が喜んでくれてよかった」

「はい」

「一緒に祝ってくれてありがとう」

私の手を握り、公輝さんが優しい笑みを浮かべる。

いろいろ天邪鬼なことも言っていたけれど、やっぱり柴崎さんが喜ぶ姿を見るのは彼にとっても嬉しいことだったに違いない。

「公輝さんにとって大切な人は、私にとっても大切な人ですから。当然です」

照れた様子で頷くと、彼は私の頬をそっと撫でてキスをした。

「……芽唯、ダッシュボード開けてみて」

「え？」

言われるまま開けてみると、中からピンクのリボンで結ばれた細長い箱が出てきた。

「これって」

「開けてみて」

ドキドキしながらリボンを解いて中を見てみると、そこには美しくカットされたタンザナイトのネックレスが入っていた。

「わ……深くて綺麗なブルー。見惚《みと》れちゃいます」

「芽唯の誕生石だし、この色は前から好きだって言ってたから」

（忙しいのに、いろいろ考えてくれたんだな）

「すごく嬉しいです。大切にしますね」

「つけてあげる」

金具を外して私の首にかけると、胸元にそっとキスを落とす。

ひんやりとした唇が触れて、思わず肩がビクリとなった。

「自分のプレゼントしたネックレスを芽唯が身につけてくれてると思うと、なんか……ちゃんと俺のものになってくれた感じだな」

「何度も言いますけど、私……ものじゃないです」

「そう？　でも俺しか知らない芽唯は多いでしょ」

「それは、そうですけど」

かちりと首の後ろでネックレスが留められると、公輝さんは鼻が触れそうな距離で微笑んだ。

「似合ってる」

「ありがとうございます。あの、私からもあるんです」

「なに？」

用意してあったネクタイを差し出すと、彼はそれを見て意地悪く笑う。

「芽唯も俺を束縛したいと思ってるんだ」

「そ、そういうんじゃないですよ」

「どうかな」

ムキになる私の様子にくすくす笑いながら唇を塞いで、公輝さんはそのまま助手席のシートを倒した。

「ん……」

角度を変えながら幾度も重ねられるキスの合間に吐息は熱を帯び、たまらず舌先を絡め合う。

「ふ……は……ぁ」

胸がはち切れそうなほど鼓動が速くなり、息も絶え絶えになってしまう。私は公輝さんの首に腕をかけ、愛おしさを表そうと彼の髪をくしゃくしゃと撫でた。

すると彼も私の後頭部を抱えこみ、頬を伝って耳や首筋にもキスを這わせた。

(ドキドキもするけど、すごく心地よくてたまらない)

「公輝さん……好き」

「好きなだけ?」

「愛してます。公輝さんになら、どうされてもいい」

「どうって?」

「……めちゃくちゃに……してほしい」

誘導されるままに欲望を言葉にすると、公輝さんは目を光らせて一度身を起こした。そして、身につけていたネクタイをシュッと解くと、私の手首にゆるく巻きつけた。

「な、なにを……」

「姫の仰せのままにするだけだけど?」

言いながら両腕を頭上に上げると、ドレスの上から強めに胸の膨らみを揉みしだく。直接触れられていないのに、先端が刺激されると声がもれてしまう。

「ぁ……んっ」

「指でイかせてあげる」

「そ、んな……」

自由にならない手はそのまま押さえこまれ、キスが乱暴に降りてくる。その獰猛な獣のようなキスが私の衝動を煽《あお》り、体の奥がどんどん熱くなっていくのがわかった。

(抵抗できない)

繊細な指先が裾から滑りこんできて、ショーツの隙間からするりと入ってくる。いつの間にそんな濡れていたのかと思うほどにあっけなく彼の指を飲みこむと、下腹部がきゅうっと縮んだ。

「芽唯、もうイっちゃった？　やらしすぎ……」

「い、言わないでください」

(だって……体が勝手に……)

「え……待って！」

「なんで。まだ足りないでしょ」

「ふぁっ」

さっきよりもっと奥に侵入した指が敏感な場所を擦り上げてくる。まだ軽く痙攣を残した狭い中が、また反応を見せる。

（な、なんで……）

「や……一人だけこんな……」

「だってマンネリなセックスは夫婦の危機を招くらしいし。芽唯には新鮮な刺激を提供していかないとね」

「な、んですか、それ……んんっ」

中を刺激されたまま深いキスが何度も繰り返され、私はそのまま二度目の頂点に達してしまった。

「は……ぁ」

呼吸を整える私を抱きしめながら、公輝さんは頬に優しくキスしてくれる。

（愛されてる感じがする……幸せ……）

うっとりキスを受けながら、私はさっき彼の言った言葉を思い出していた。

車の中で密着しながらされるなんて初めてのことで、確かにこれは新鮮な刺激だった。

（でも）

「マンネリとか……そんなのないですよ」

以前私がぼんやり公輝さんのことを考えていた姿が、彼にはマンネリで集中できていないように見えたらしい。

「芽唯にはいつでも俺だけでいてほしいから」

「いつだって公輝さんだけですよ。それは絶対ですから、信じてほしいです」

「……ならいいけど」

この心配性な旦那様は、私をめちゃくちゃいじめる時もあるけど、それも深い愛からきているのだと信じられる。

ゆったり見つめ合うと、公輝さんは一瞬余裕のない表情で起き上がると私を抱きかかえて体勢を変えた。驚く暇もなく膝の上に乗せられると、思いきり顔を引き寄せられて唇を奪われる。

「まさ、き……さん？」

「我慢できない。芽唯が上で動いて」

「えっ」

膝の上に乗せられての体勢は初めてではないけれど。

(車の中で、なんて)

「外から見えたらどうするんです」

「この車の窓ガラス、これくらい暗いと外からは見えないようになってるから大丈夫」

「そうは言っても……やっ」

公輝さんは私の腰を両手でホールドし、試すように見上げる。

「本当に嫌ならこのまま膝に乗っていてもいいけど。部屋に戻れないよ？」

「そ、んな……」

一日疼きを与えられた場所は、もちろん公輝さん自身をも欲していて。こんな焦《じ》らしを長時間受け続けていたらたまらなくなるに決まっている。

(でも恥ずかしすぎて動けない)

気持ちはあるけれど動けない、そのもどかしさは伝わったようで公輝さんは手を置いていた腰を軽く浮かせた。

「どう。これなら腰を下ろすだけだけど」

「ん、はい」

窮屈な体勢をとり続けるのにも限界があり、私は公輝さんの首に両腕を巻きつけながらゆっくり彼の待つ場所へと降りていった。

「ぁ……っ」

熱くて硬い存在が私の中をしっかり奥まで捉えていく。

車の中とはいえ外にいるような背徳感も加わって、背筋が快感でゾクゾクしてくる。

「きっつ……芽唯、カーセックスにも萌えるんだ」

「ひど……いです」

「でもこういう環境も好きでしょ」

ぐんっと腰を落とさせた瞬間、車内に肌を打ちつけ合う音が響いた。潤った場所の擦れ合う音は耳に届く度に羞恥心《しゅうちしん》でどうにかなってしまいそうになる。

なのに体はそれに呼応するように求めたくなる。

(気持ちいい……もっと、もっと欲しい)

口にできない本音を隠し、私は公輝さんの膝の上で弾みながら愛おしさを倍増させていく。それに応えてくれながら、公輝さんも両腕を背中に回してキツく抱きしめた。

「芽唯……もう……」

場所も状態もなにもかも忘れて、私たちはただ繋がることに集中した。

肉体を超えて溶け合ったんじゃないかと錯覚するほどに心が重なった時。

「公輝さ……も……イっちゃう……」

「いいよ。一緒に……」

「ん、あ……あぁっ！」

足先にまで痺れが走り、今までにないほどの深い快感の中で頂点を迎えた。

一旦硬直したあと猛烈な脱力が襲ってくる。

「ふ……は……ぁ」

着衣のまま繋がるという初めての行為に、私の心臓はまだドキドキしつつも今までにない満たされ感でもいっぱいだった。

そんな私をそっと抱きしめ公輝さんの大きな手が髪を優しく撫でてくれる。

「芽唯がイく声、好きだな」

「へ、変なこと言わないでください」

「好きな人の声はどんな鳥の音より綺麗だと思うけど」

「っ！」

公輝さんがこんなロマンチックな言葉を口にするのは珍しくて、逆に恥ずかしくなってしまう。

「芽唯」

「は、はい」

「もっと一緒にいたいって思ってる？」

私がずっと心に秘めていた本音を、公輝さんはわかっていたみたいだ。だから時々旅行しようかとか言ってくれていたのだ。

（そっか……理解してくれてたんだ）

安心できた私は、本当の気持ちを伝えた。

「遠くに出かけるのもいいんですけど。時々長い時間一緒にいるより、小刻みにゆったりした時間を過ごせるほうがいいなって……思ってました」

「……俺、週休一日だしね」

「それが不満っていうわけじゃなくて。その……一日べったりな日も欲しいな、とか」

（二人きりの世界が欲しい感じかな）

私の本音を聞いて公輝さんは苦笑した。

「相変わらず欲がないなあ……そんなのでいいなら、早速明日実行しようよ」

「明日、お休みなんですか？」

「当然。結婚記念日の翌日くらい休むよ」

公輝さんは私の唇に軽くキスすると幸せそうに微笑んだ。私もその笑みに応え、明日は二人で一日部屋を出ないで過ごそうと約束した。

翌朝、約束通り私たちは部屋着のままで外出をしない一日を過ごすこととなった。

公輝さんは、万が一にも電話が入ったりしないようにとスマホも全部電源を切るという徹底ぶりだ。

「電源まで落としてしまって……大丈夫なんですか？」

「事務所のほうには姉貴がいるし、柴崎も俺が仕事に戻るまでは休まないって言ってるし。大丈夫」

「そ、そうですか」

（柴崎さんって本当に忠義に厚いよね）

それにお姉さんの香子さんが事務所を回してくれているのも安心だ。

今では彼女が橘法律事務所のほぼ所長といってもいいようなポジションなのだ。公輝さんがホテル業に忙しいのもあり、将来的には事務所のほうは香子さんに任せるかもしれないとも聞いている。

「なんにせよ、今日は俺たちだけの時間ってことで。ゆっくり過ごそう」

「はい！」

「とはいえ、なにをして過ごせばいいんだ」

忙しいのが標準の公輝さんにとって、なんの予定もない一日を過ごすというのは少し戸惑うみたいだ。

「まずはゆったりした朝食から、ですかね。全く気合の入らない朝食が目標です」

「なんだそれ」

「ふふ、見ててください」

私は適当にバターを塗ったトーストを焼き、皿には目玉焼きとウィンナーを焼いたものをのせ、それらをテーブルに並べてから最後に作り置きのアイスコーヒーを用意した。

それなりに朝食っぽくはなったけれど、いつもより確実に適当だ。

「へえ、これくらいなら確かに疲れないしいいな」

「でしょう。食洗機も優秀なので、洗う手間はないですしね」

「なるほど。芽唯のいうインドアな一日の意味がわかった」

公輝さんは髪を整えないままボサっとした状態で席につき、トーストをかじった。

「……うまい」

「よかった。苺のジャムもありますからね」

「それ、太るやつ」

「少しくらい太ったって公輝さんはわからないですよ」

ジムで鍛えているのもあるし、普段からあちこち歩き回っていて太る暇もないのが彼の日常だ。

一日くらいダメダメな生活をしたって大した影響はないだろう。

「私もいただきます！」

サクサクとトーストをかじり、ぺろっと卵焼きを食べるともう満足感が出てきた。

(力を抜くだけで満足感が増す時もあるんだなぁ)

改めてこのインドアな休日が気に入ってしまう。

するとアイスコーヒーを口にした公輝さんが目を輝かせて私を見る。

「え、美味い。なにこのアイスコーヒー」

「昨日の朝淹れておいたんです。豆は普通のものですよ」

「……これじゃあもう外のコーヒー飲めなくなるな」

ボソッとつぶやいた一言がすごく嬉しくて、私は今後もコーヒーの美味しい淹れ方は習得していこうと思ったのだった。

簡単な朝食のあとはソファで寄り添いながら以前から一緒に見たいと思っていた映画を見た。

「ニャンペンのやつじゃなくていいの？」

気を遣ってくれて、公輝さんはそんなことを言う。

私がキャラクターものを第一に好むのを知っている彼なので、こういう部分では譲ってくれるのが本当に嬉しい。

(でも今日はちょっと趣旨が違うんだよね)

「今日は公輝さんも楽しめるものにしたいので」

「そっか。俺は途中で寝ちゃうかもだけど」

思いっきり甘いラブロマンスを選んでみたのだけれど、確かに公輝さんには退屈だったみたいだ。

三十分も見ないうちに目を閉じてしまっていた。

「公輝さん、寝ちゃいました？」

「ん……終わったら教えて」

（もう……やっぱり映画の趣味は合わないかぁ）

とは思ったものの、私の肩に頭をもたれて眠る公輝さんの温もりを感じているのは嬉しい。

映画にもときめきつつ、公輝さんとの近さにもドキドキし、私はこの映画タイムを幸せに過ごしたのだった。


「ふあーよく寝た」

映画が終わって私も一緒に眠ってしまったようで、公輝さんの声で目を覚ました時にはもう午後の三時だった。特になにもしないでこの時間になってしまい、眠ってしまったことに少し後悔する。

（でもまだ夜まで時間があるし）

私はこんな時がいずれくるかと思い、カードゲームを探し出して彼の前に出した。

「ゲーム？」

「はい。勝ったほうがなんでも一つ命令できるっていうのはどうです？」

「……いいね」

きらっと光った眼差しに一瞬しまったと思ったものの、自分が勝つかもしれないしと思い直してゲームを楽しむことにした。

「うわ……もう一回お願いします」

三回ほど連続で負けていたものの、恩赦、恩赦の連続でなんとか負けではないということにしてもらってゲームは四回目となった。

辺りは薄暗くなり、夜ご飯はもうデリバリーのピザにしようと決めた。

「こんなジャンクな生活、生まれて初めてかも」

言いながらも公輝さんはどこか楽しそうだ。

今までしっかり決められたことをこなす生活をしてきた人だ。気質的にムラがあったとはいえ、基本は真面目な人なんだと思う。

そんな人に、私は〝たまにはだらけてみる〟ということを教えてしまっている……

(柴崎さんに怒られそうだなあ)

とはいえ、本人がリラックスできて楽しめているならそれが一番かなとも思うのだった。

そして結局、四回目のゲームもしっかり負けた私は、公輝さんの命令を一つ聞くこととなった。

(うう、公輝さんの命令を聞く側なのは慣れてるけど……今回はなにかすごいこと言われそうで怖いなあ)

覚悟して身構えていると、意外にも公輝さんは想像したような無茶なことは言わなかった。

ただ、眠る時にずっと手を繋いでいてほしいというのだ。

「それだけ、ですか？」

「それだけだけど、今までお願いしたことなかったでしょ」

「確かに……」

抱き合ったまま眠るとかはあったけれど、手を繋いで、というのはなかった。

私の中では特に理由はなかったけれど、公輝さんはそれを言うのを躊躇《ためら》っていたらしい。

「子どもみたいで頼みにくかった」

「そんな。いつでも私は歓迎でしたよ？」

「……なら、今夜から俺が眠りに入るまで繋いでて」

「わかりました」

確かに子どもみたいというのは思ったけれど、それは公輝さんが私に心を開いて甘えてくれているんだと思うと普通に嬉しい。

意地悪を言ったり焦《じ》らしたり。そういう彼も好きだけれど、唯一無二を感じさせるような甘えを見せてくれるのは、特別感があって本当に嬉しい。

「それじゃあ、ベッド行こうか」

と、公輝さんはそそくさとテーブルの上のカードを片付け始めている。

「もう眠るんですか？」

（シャワーは先に浴びてたから構わないんだけど）

「ベッドに入ったからって必ず寝なきゃいけないってわけでもないでしょ」

「それは、そうですね」

言われるままベッドに入ると、公輝さんが片手を指の奥までしっかり絡めてくる。

（早速！）

「……安心する」

公輝さんはそう呟いて、ゆっくり目を閉じた。その表情がとても安心したもので、私もほっこりしてくる。

(体が触れているのとはまた違った安心感)

その感覚は、どんな時もこの手を離したくないと心から思わせてくれるものだった。

(私は一生を公輝さんと共に生きていくんだ)

改めてそう強く感じ、私は胸の中が幸せで満たされるのを感じた。

「公輝さん……二年目も、よろしくお願いしますね」

「ん……来年も、再来年も……ずうっとこうして記念日は一緒に過ごそう」

「はい」

顔を見合わせ、優しいキスを交わす。

私たちは未来に繋がる特別な夜を、言葉にしきれないほどに満ち足りた気持ちで過ごしたのだった。

～大人のための恋愛小説レーベル～

ETERNITY エタニティブックス

ETERNITY エタニティブックス Rouge

甘く淫らな身分差同居生活

堅物副社長の容赦ない求愛に絡めとられそうです

エタニティブックス・赤

入海月子《いるみつきこ》

装丁イラスト／秋吉しま

古民家活用事業を担当するOLのあかりは、古民家に滞在することになった大企業の副社長の國見《くにみ》貴《たかし》をもてなすことになる。ところが、ある弱点を持つ貴のために同居することに!?　クールな貴に反発心を抱くあかりだったが、ある日「君が欲しい」と貴に甘く迫られ、一夜を共にしてしまう。身分差を気にしてこれ以上の関係を拒むあかりに、貴は容赦なく求愛し、一途な想いを刻み込んできて——!?

※エタニティブックスは大人の女性のための恋愛小説レーベルです。ロゴマークの色で性描写の有無を判断することができます（赤・一定以上の性描写あり、ロゼ・性描写あり、白・性描写なし）。

詳しくは公式サイトにてご確認ください。
https://eternity.alphapolis.co.jp/

携帯サイトはこちらから！

この作品に対する皆様のご意見・ご感想をお待ちしております。

おハガキ・お手紙は以下の宛先にお送りください。

【宛先】

〒150-6008 東京都渋谷区恵比寿 4-20-3 恵比寿ｶﾞｰﾃﾞﾝﾌﾟﾚｲｽﾀﾜｰ 8F
（株）アルファポリス　書籍感想係

メールフォームでのご意見・ご感想は右のＱＲコードから、
あるいは以下のワードで検索をかけてください。

アルファポリス　書籍の感想　検索

ご感想はこちらから

策士《さくし》なエリート弁護士《べんごし》に身分差婚《みぶんさこん》で娶《めと》られそうです

伊東悠香（いとう ゆうか）

2023年 6月 25日初版発行

編集－馬場彩加・本山由美・森 順子
編集長－倉持真理
発行者－梶本雄介
発行所－株式会社アルファポリス
〒150-6008 東京都渋谷区恵比寿4-20-3 恵比寿ｶﾞｰﾃﾞﾝﾌﾟﾚｲｽﾀﾜｰ8F
TEL 03-6277-1601（営業）　03-6277-1602（編集）
URL https://www.alphapolis.co.jp/
発売元－株式会社星雲社（共同出版社・流通責任出版社）
〒112-0005 東京都文京区水道1-3-30
TEL 03-3868-3275
装丁イラスト－rera
装丁デザイン－hive & co.,ltd.
（レーベルフォーマットデザイン―ansyyqdesign）
印刷－中央精版印刷株式会社

価格はカバーに表示されてあります。

落丁乱丁の場合はアルファポリスまでご連絡ください。

送料は小社負担でお取り替えします。


ISBN978-4-434-32172-6 C0093